图书在版编目（CIP）数据

众神与英雄之歌：古希腊神话集萃 /（英）玛歇拉·沃德编；（瑞典）桑德·博格绘；郑赛芬译. -- 福州：海峡文艺出版社，2023.7
ISBN 978-7-5550-3365-3

Ⅰ.①众… Ⅱ.①玛… ②桑… ③郑… Ⅲ.①神话—作品集—古希腊 Ⅳ.①I545.73

中国国家版本馆CIP数据核字(2023)第115384号

Originally published in the English language as A Journey Through Greek Myths © Flying Eye Books 2020
Text © Marchella Ward 2020
Illustrations © Sander Berg 2020

Marchella Ward has asserted her right under the Copyright, Designs and Patents Act, 1988, to be identified as the Author of this Work. Sander Berg has asserted his right under the Copyright, Designs and Patents Act, 1988, to be identified as the Illustrator of this Work. All rights reserved. No part of this publication may be reproduced or transmitted in any form or by any means, electronic or mechanical, including photocopying, recording or by any information and storage retrieval system, without prior written consent from the publisher.

本书中文简体版权归属于银杏树下（北京）图书有限责任公司
著作权合同登记号：图字13-2023-059

众神与英雄之歌：古希腊神话集萃

[英] 玛歇拉·沃德 编；[瑞典] 桑德·博格 绘；郑赛芬 译

出　　版：海峡文艺出版社
出 版 人：林　滨
责任编辑：林鼎华
编辑助理：吴飔茉
地　　址：福州市东水路76号14层 邮编 350001
电　　话：（0591）87536797（发行部）
发　　行：北京浪花朵朵文化传播有限公司

选题策划：北京浪花朵朵文化传播有限公司
出版统筹：吴兴元
特约编辑：秦宏伟
营销推广：ONEBOOK
装帧制造：王　茜　黄　海

印　　刷：北京盛通印刷股份有限公司
经　　销：新华书店
开　　本：889毫米×1092毫米 1/16
印　　张：10.5
字　　数：80千字
版次印次：2023年7月第1版 2023年7月第1次印刷
书　　号：ISBN 978-7-5550-3365-3
定　　价：118.00元

官方微博：@浪花朵朵童书
读者服务：reader@hinabook.com 188-1142-1266
投稿服务：onebook@hinabook.com 133-6631-2326
直销服务：buy@hinabok.com 133-6657-3072

后浪出版咨询(北京)有限责任公司　版权所有，侵权必究
投诉信箱：copyright@hinabook.com　fawu@hinabook.com
未经许可，不得以任何方式复制或者抄袭本书部分或全部内容
本书若有印、装质量问题，请与本公司联系调换。电话010-64072833

众神与英雄之歌
古希腊神话集萃

[英]玛歇拉·沃德 编　[瑞典]桑德·博格 绘
郑赛芬 译

海峡出版发行集团
海峡文艺出版社

目 录

众神及英雄族谱	1
古希腊地图	3
雅 典	5
世界伊始	8
宙斯诞生	12
雅典娜的诞生	16
皮立翁山	19
普罗米修斯之罪	20
潘多拉	24
半人马喀戎	26
伊阿宋和阿耳戈英雄	30
伊阿宋和美狄亚	40
帕耳那索斯山	45
珀伽索斯和柏勒洛丰	48
发现狼嚎之城	50
俄耳甫斯和欧律狄刻	52
忒拜城	61
俄狄浦斯和伊俄卡斯忒	64
安提戈涅	70
厄科和那耳喀索斯	74
彭透斯和狄俄倪索斯	78

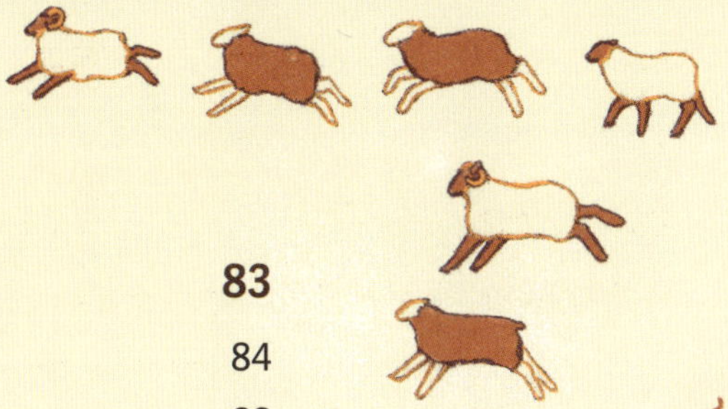

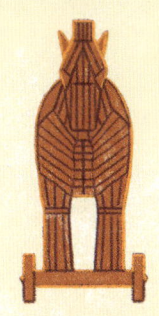

飞越大海   **83**
特洛伊木马   84
奥德修斯和独眼巨人   88
弥达斯国王   96

阿耳戈斯城   **99**
珀耳修斯和美杜莎   100
珀耳修斯和安德洛墨达   106
赫拉克勒斯的任务   112

冥 界   **125**
得墨忒耳和珀耳塞福涅   128
阿尔刻斯提斯   134

凡人世界   **137**
刻克洛普斯   140
复仇三女神   142
弥诺陶洛斯   144
代达罗斯和伊卡洛斯   150
重返家园   152

后 记   **154**
雅典娜和猫头鹰   154

编者及绘者简介   **157**

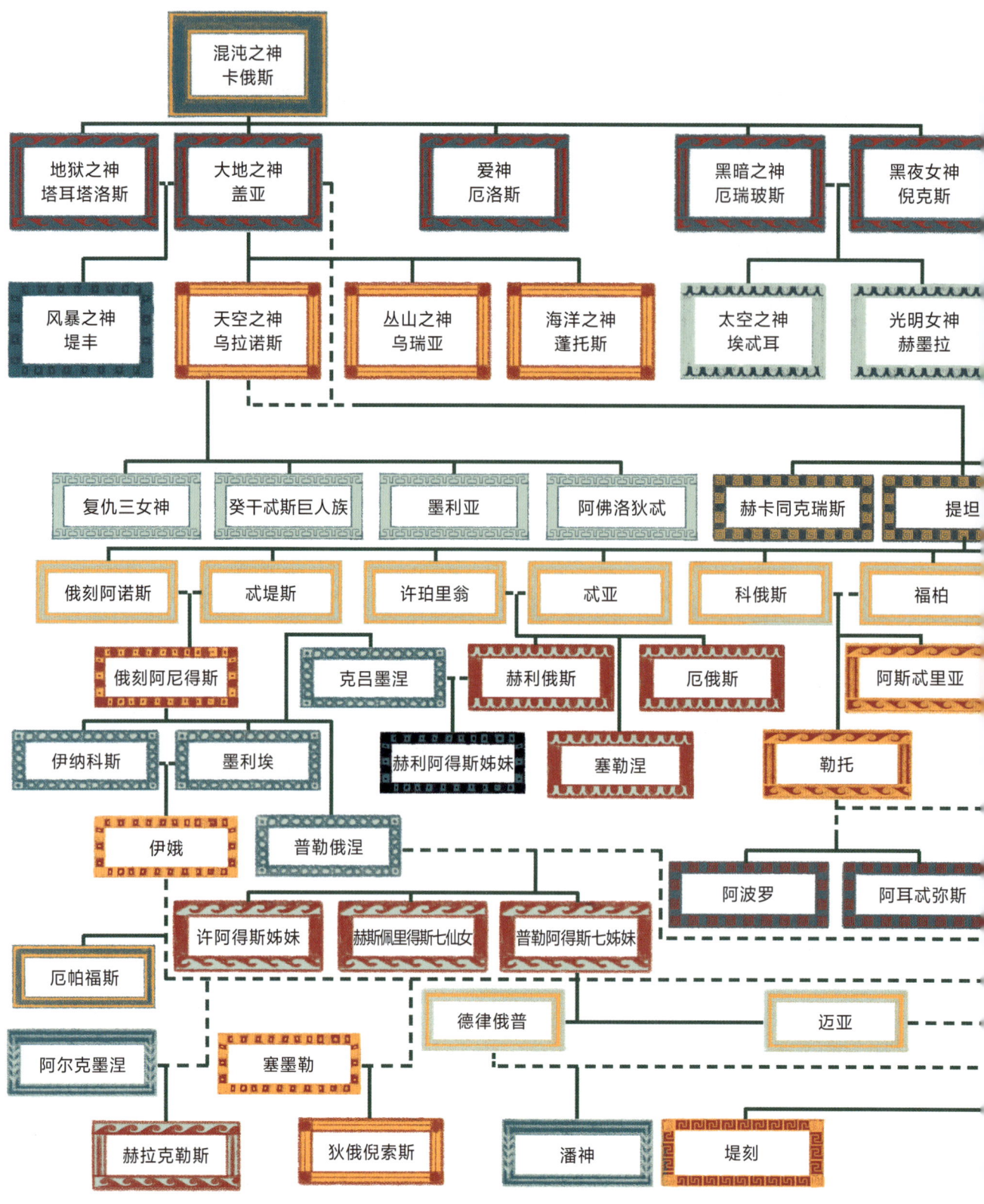

众神及英雄族谱

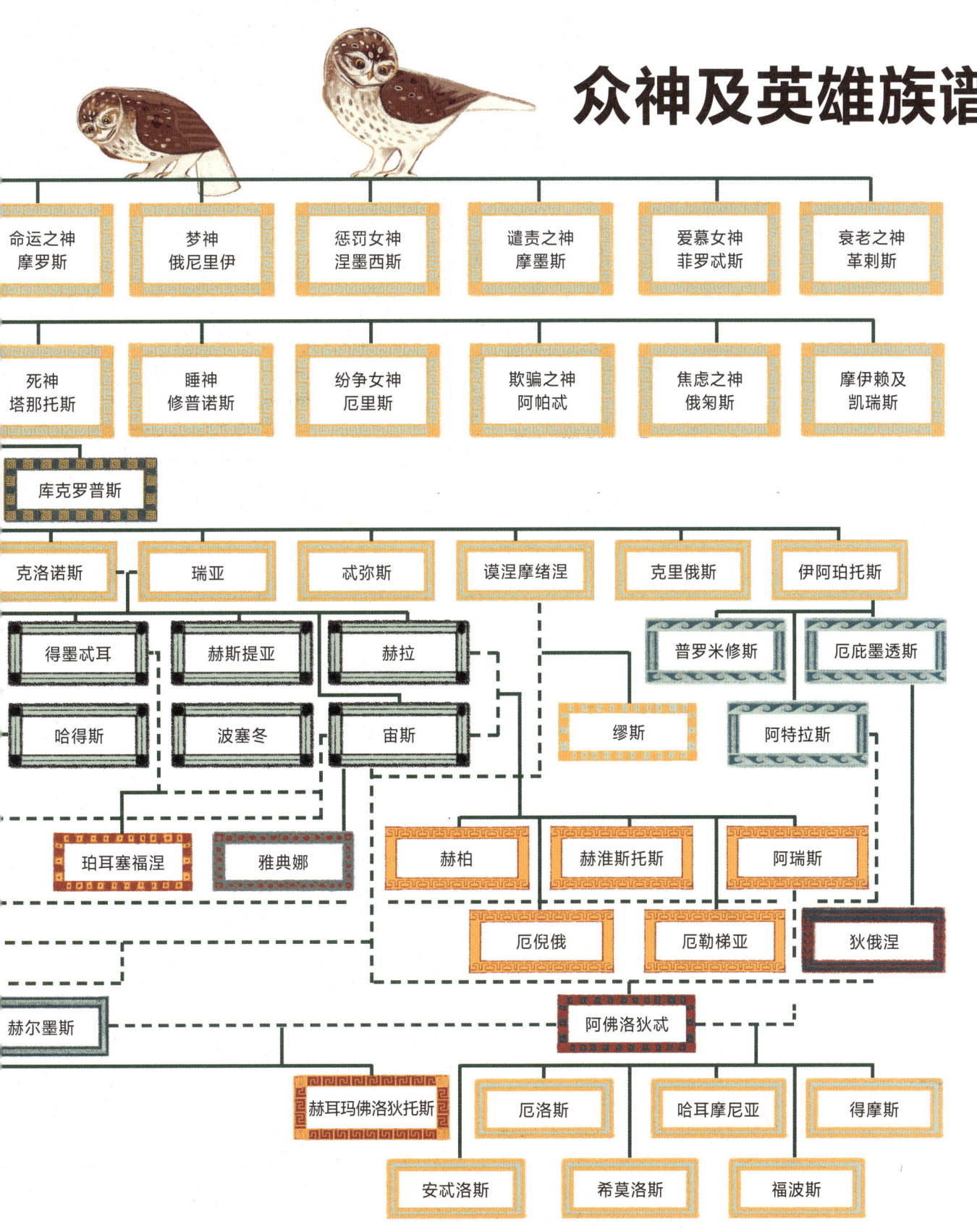

古希腊地图

雅 典

小猫头鹰迎着暖风，伸出爪子，收起翅膀，停在了帕特农神庙的顶端。神庙矗立在雅典最高处，俯瞰着整座城市。小猫头鹰缓缓地回过头，看见停泊在比雷埃夫斯港口的船只，看见远方的岛屿在海面上忽浮忽沉。太阳渐渐西沉，在伯罗奔尼撒半岛群山后面隐去。小猫头鹰辨识出赫淮斯托斯神庙里的人，他们正为过夜而生起火来，还有那大理石雕刻的人像柱，面庞若隐若现。这些雕塑曾经是活生生的女子，但却变成了石头，并且被罚永远用头顶支撑着庙顶。站在庙顶，小猫头鹰还发现一只小喜鹊正在雅典西北部一块巨石的尘土上扒拉着什么，那是一块因雅典娜女神的弟弟——阿瑞斯而变得神圣的巨石。

这时头顶传来一阵急促的翅膀拍打声，那是熟悉的声音。小猫头鹰黄色的眼睛朝上看了看，她的爷爷老猫头鹰，颤颤巍巍地停在她身边。

"你不会想飞下去抓那只喜鹊吧？"猫头鹰爷爷打趣道，"你怎么才能把它叼上来啊？你想过吗？"小猫头鹰有点生气，羽毛竖了起来，但还是因为爷爷的到来而兴奋不已。她答道："我在想雅典。这座城市有多大？有多少不同的人住在里面？还有，我们猫头鹰能够得到雅典娜的允许，站在这儿，目睹眼前的这一切，我们真是太幸运了！"

猫头鹰爷爷歪了歪脑袋。想不到孙女会突然对自己在这个世界所处的位置感兴趣。

小猫头鹰看着爷爷，眨了眨眼睛，问道："神话是什么？"猫头鹰爷爷不确定该怎么回答，只说："神话是可以讲述的东西。"

"就是故事吗？"小猫头鹰又问道。

"没错，是故事，告诉我们自己是谁。"猫头鹰爷爷说，"真实的故事，或许可能是真的。"

小猫头鹰似懂非懂，问道："意思是，跟传说一样吗？"

猫头鹰爷爷想了想，答道："当未来的人们从雅典许愿池中取出硬币端详的时候，会发现目光如炬的猫头鹰正盯着他们。人们会讲述那些猫头鹰的故事，讲述他们所经历的冒险。这些故事就是传说，因为它们源于生活，源于历史。"说到这里，猫头鹰爷爷停了下来，等小猫头鹰领会之后继续说道："但神话与历史无关，神话与真实有关，或者这么说吧，神话与可能真实的事情有关。"小猫头鹰更困惑了，尽管她不愿意承认这点。她问道："这么说，雅典娜也是神话里的人物？"猫头鹰爷爷仔细想了想，从他记事开始，猫头鹰和雅典娜的关系就非比寻常，雅典娜是战争女神、智慧女神、雅典城的建造者。他自顾自地笑了笑："哦，不！雅典娜是真实存在的人物，至少——"他顿了顿，"或许是真实存在的人物。"

猫头鹰爷爷继续说道:"你知道吗,猫头鹰并非一直住在雅典?"小猫头鹰睁大黄色的眼睛,非常惊讶——雅典不仅是她的家,更是所有猫头鹰一直以来的家。小猫头鹰恳求爷爷给她讲讲背后的故事,爷爷决定从头开始讲,只不过他的故事和人们讲述的故事不同。后者总是从宙斯、雅典娜和其他所有住在奥林波斯山上的众神开始,猫头鹰爷爷的故事则是以一个存在于人类、众神以及雅典之前的世界开始,这个世界甚至存在于猫头鹰出现之前。正是这些故事给予了猫头鹰所有的智慧,他必须从这些故事开始。猫头鹰爷爷瞥了一眼暮色笼罩的天空,黑夜就要来临,他还得忙碌一晚上,为一家子捕捉老鼠,哪怕他总是最后才进食。

不管怎样,他开始讲了……

世界伊始

很久很久以前，天地不分，海陆不存，整个世界一片混沌，犹如巨大的迷雾，其间事物，零零散散，无法分辨。那时候的世界没有名字，希腊人称其为"卡俄斯"，没有语言能够对其予以描述。那个世界既温暖又寒冷，既光明又黑暗，既潮湿又干燥，既神圣又平凡。不知为何，出于无人知晓的缘由，卡俄斯被驯服了，陆地自大海中隆起，从天空中剥落。有人说，这是时间之神柯罗诺斯的杰作，他解开一团乱麻，给每个元素姓名，为它们安排位置。但也有人说，柯罗诺斯根本不存在。当万物归位，群星开始在空中闪耀，大海开始潮起潮落，为世界定下了昼夜节律。刚从天空和大海分离出来的大地，依然闪烁着金色的光芒，没有农人胆敢动犁开垦。

男神和女神、巨人和提坦，一起生活在陆地上。尽管无人耕种，这片土地仍然自发地长出各种各样的水果和蔬菜。在那个黄金年代，没有衰老，没有病痛，人们平静地进入冥界，看上去永葆青春，一直二十三岁。那时候，雅典还不存在。

卡俄斯有两个孩子，一个叫"黑暗"，一个叫"黑夜"。他们又有了一个孩子，名叫"光明"，这个孩子和她的父母截然不同。与此同时，大地之神盖亚和天空之神乌拉诺斯相爱，生下无数个孩子。最大的六个儿子和六个女儿就是提坦，他们的长相与人类相似，只不过体形巨大，不管离得多远都无法一观全貌。接下来的三个儿子和提坦一样身形巨大，但是每一个都有一百只手。最小的孩子都是独眼巨人，尽管背面和哥哥姐姐们别无二致，但这些孩子只有一只眼睛，长在额头正中间。希腊人所知的众神正是来自这些孩子，后来人类也从这些孩子中来，尽管当时还不知道什么叫人类。

一个存在于雅典、众神、人类、农场、战争,甚至是雅典娜之前的世界,是小猫头鹰无法想象的。她问道:"来雅典之前,猫头鹰都在哪儿呢?"猫头鹰爷爷抬起头,望向北方,用嘴尽可能地沿着海岸线划了个弧线。他指向的是暮色中遥远的皮立翁山,那是猫头鹰曾经群居的家园,他们在那儿繁衍生息。他向小猫头鹰讲起了那座古老山峰的茂密松林,那是自己儿时的家,并问道:"想不想看看猫头鹰的故乡?"没等小猫头鹰回答,站在古老石块上的猫头鹰爷爷就俯下身,展开双翼,只听"呼"的一声,他扇动翅膀,飞了出去。小猫头鹰深吸一口气,跟了上去。

两只猫头鹰在夜幕垂下的空中飞翔,寻找旧时的家园。猫头鹰爷爷一边飞,一边告诉小猫头鹰雅典娜女神和雅典城差一点就不存在了。

宙斯诞生

提坦首领克洛诺斯是盖亚和乌拉诺斯的孩子。他毫无怜悯之心，更无守护世界之意，只害怕自己的孩子长大后将取代他统治世界。为了避免权力被剥夺，他在每一个孩子出生的瞬间就将其吞入腹中。他的妻子瑞亚每次感觉到腹中有新生命的迹象时，都乞求克洛诺斯忘记自己的权力，放过无辜的孩子。但每个出生的孩子，都没有逃过从她怀中被夺走的命运。就这样，瑞亚失去了五个孩子。但是，当第六个孩子在她腹中生长的时候，她有了主意。瑞亚逃到了克里特岛，那儿四面环海，克洛诺斯一时找不到她。瑞亚躲在一个洞穴里偷偷生下孩子，为他取名为宙斯。但是大海无法永远挡住克洛诺斯。宙斯出生几天后，瑞亚听到住在附近的蜜蜂仙子发出焦躁的嗡嗡声——克洛诺斯的船靠岸了。丈夫的巨足每踩一步，洞穴的墙壁就开始抖动，洞中回响着丈夫沉闷的脚步声。瑞亚别无选择，她把小宙斯交给了蜜蜂仙子，决定独自面对丈夫。她用超人般的力量从墙上掰下一块石头，裹在自己编织的柔软毯子里，抱在胸前。接着，她吻别宙斯，走出洞穴，将宙斯留在洞内。

克洛诺斯看到自己妻子的怀中之物，以为那就是刚出生不久的孩子，一心只想着那个很久以前的预言——他自己的孩子将取代他并统治世界。瑞亚为了不让丈夫看穿，故意侧身将怀中的包裹藏在丈夫的视线之外，说："我给孩子取名叫宙斯。"克洛诺斯一把夺过包裹，甚至没有掀开毯子看一眼里面是什么，便张开巨蛇般的大口，将包裹整个吞了下去。然后，他用一只手拎起妻子，准备返航，只走了三步，就走出了沙滩。他向风神发令，旋即迎风返航。

宙斯和蜜蜂仙子住在洞穴中直到长大。他逐渐知晓了父亲是如何对待哥哥姐姐们的。他要证明父亲的所作所为是错的。于是，他在岛上徘徊，试图想出一个计策。直到有一天，宙斯站在海岸边，哗啦啦的海浪拍打声中似乎有人在说话。

　　宙斯往前走了几步，直到海水淹没脚踝。他看到一位年轻的女子从白色泡沫中浮现。

　　宙斯早就听说过有一位能够制作神奇药水的海洋仙女叫墨提斯，但是不曾见过。仙女张开湿答答的手，手里有一个绿色的瓶子。尽管瓶子一动不动，瓶内的液体却翻腾着，嘶嘶冒泡。这药水正是宙斯梦寐以求的。

　　后来，宙斯设法让克洛诺斯喝下了这瓶药水。克洛诺斯喝下后，便捂着肚子，吐了起来。一股巨大的海浪从他嘴里涌出，宙斯的哥哥姐姐们游了出来。宙斯数了数：赫斯提亚、得墨忒耳、赫拉、哈得斯以及波塞冬，最后出来的是当初替代宙斯被父亲吞下的石块。

克洛诺斯恼羞成怒,召集世界上所有的提坦和自己的孩子们开战。战争持续了十年,但随着宙斯和哥哥姐姐们逐渐长大,力量也越来越强,而克洛诺斯和提坦们的力量则逐渐变弱。原以为战争将无休无止,然而宙斯有了主意。

独眼巨人是宙斯所知最强大的战士:他们是能够将数只巨兽一口吞下的大型巨人。但是他们没有办法加入战争,因为他们被囚禁在一个叫作塔耳塔洛斯的地方,那是个深如天地之隔的地下深渊。于是宙斯打算前去找到他们并将其释放,而神不需要钥匙就能打开塔耳塔洛斯的大门。但当宙斯正要进入大门的时候,他瞥见了一个离奇的怪物。这个怪物有着女人的上半身和龙的下半身,五十只动物的脑袋在腰间咆哮、嘶吼,有狼、熊、蛇,还有狮子、老虎。她身后露出长长的蝎子尾巴,拖着尖刺,还长着一对令人恐惧的黑色翅膀。这个怪物叫坎珀,她朝宙斯走来——随着脚步的移动,脚踝处的蛇嘶嘶作响,腰间的狼发出号叫。但是她依然不是这位未来的众神之王宙斯的对手。宙斯用自己之前都未曾发现的新技能打败了坎珀:一道闪电。他将独眼巨人从地牢中释放,让他们回到奥林波斯山之巅。有了独眼巨人的帮助,宙斯和哥哥姐姐们毫无悬念地赢得了战争。

雅典娜的诞生

宙斯很高兴能和自己的哥哥姐姐们重逢,很感激墨提斯给他药水。他旋即爱上了这位年轻智慧的海洋仙女,因此当仙女提出要嫁给他的时候,便毫不迟疑地答应了。然而,没过多久,宙斯也开始和父亲一样,因为同样的预言而忧心不已。当墨提斯告诉他自己有了身孕之后,他的脑海中只想到那个古老的预言:他的孩子有一天将比他更加强大。这个预言在宙斯的脑海中不断盘旋,挥之不去。于是,他抓起妻子连同她腹中的孩子一起,极力张大嘴巴,将他们整个吞了下去。但是墨提斯比所谓的众神之王更加聪明,她尽量保持不动,钻进宙斯体内肉多的部位,直到孩子降生。在等待期间,墨提斯为自己的女儿制作了一件精美的铠甲,并打造了一块小盾牌、一顶头盔、一把长矛。墨提斯锻造铠甲的时候,宙斯感觉到体内有火烧般的灼热,但误以为是消化不良,并未放在心上。

过了一些时日,宙斯开始头痛,整个奥林波斯山都能听到他在大声地喊叫。众神赶紧前往,想要弄明白是什么让他们的王如此痛苦。工匠之神赫淮斯托斯第一个到达,手里还拿着刚刚锻造的巨斧。他盯着众神之王看了一会儿,只见有什么东西似乎想要从宙斯的脑袋破头而出。首先宙斯耳朵后面凸起了小拳头一般的形状,接着左边眉毛上端鼓起了什么东西。突然,宙斯用尽全力尖叫了一声,一把长矛的尖端从鼓起处戳了出来,接着是一只小手,然后是一顶小头盔,之后是披着黄铜铠甲的小肩膀,仿佛从伤口处蹦出来的人即将奔赴战场。雅典娜诞生了!

皮立翁山

"雅典娜的诞生有没有让战争结束?"小猫头鹰充满期待地问爷爷。猫头鹰爷爷叹了口气,好一会儿才回答:"没有。孩子,人类和宙斯以及宙斯父亲一样,总是因为同一件事情而困扰。他们都希望自己是最强大的,他们越是强大,就越不信任身边的人。雅典娜的诞生非但没有结束战争,反而拉开了诸神和人类无休无止的权力之争。"

两只猫头鹰继续往前飞,天越来越暗,海面上已经看不清它们的倒影。地面突然向上拔起,下方正是皮立翁山,山顶覆盖着森林。或者,至少曾经是森林,而今只剩一些树桩,凹凸不平,稀稀疏疏。"皮立翁山过去不是这个样子。"当他们俯冲下去停在干燥地面上的时候,猫头鹰爷爷说道,"曾经,这儿长满了松树,因森林茂密而出名,飞行中的猫头鹰靠松林找到回家的方向。那些远古时的猫头鹰只要看见皮立翁山顶那片明亮的绿色,就知道自己快到家了。"

猫头鹰爷爷看了看四周,继续讲了下去。

普罗米修斯之罪

　　宙斯的哥哥姐姐们和巨人之间又爆发了一场战争。众神住在奥林波斯山上，一座巨人踮起脚尖都看不到顶的高山。两位巨人——俄托斯和厄菲阿尔忒斯急不可耐地想要和宙斯及其哥哥姐姐们对峙。于是，他们将皮立翁山从地面拔起，叠到俄萨山顶部，将其当作垫脚石，努力向上爬，达到奥林波斯山的高度。但是，阿波罗发现了他们，抬起脚奋力一踹，让他们滚下了山，跌入了冥界。

　　众神最终赢得胜利，但双方伤亡惨重。宙斯为了惩罚巨人，将他们全部放逐冥界。普罗米修斯和他的弟弟厄庇墨透斯没有加入战斗，因而得以幸免。宙斯让两位年轻人在自己的新世界中谋得职位：厄庇墨透斯受命将诸神的能力赋予地球上的所有生物，而普罗米修斯承担的是更加艰巨的任务——创造人类。

　　普罗米修斯不敢懈怠，立即开工。他花了几天时间，用双手小心翼翼地捏出人形，完工后让女神雅典娜为造出的人形注入生命。与此同时，厄庇墨透斯正乐此不疲地将各种能力赋予地球上的生物：他将忠诚给了狗，好奇给了狐狸，织网的能力给了蜘蛛，闪光的鳞片给了鱼——好让它们能在海水中畅快地游来游去。厄庇墨透斯工作得如此沉迷以至于当普罗米修斯的人类有了生命的时候，装能力的袋子已空空如也，厄庇墨透斯已经没有任何能力可以给予人类了。

普罗米修斯对自己的弟弟非常失望，发誓要弥补人类。人类刚被创造出来，除了呼吸，其他的都不会。普罗米修斯许诺人类两件事：第一，人类将成为唯一能够像神一样直立行走的动物；第二，人类将被赋予能够生火的技能。话一出口，普罗米修斯就知道自己犯了大错。宙斯曾告诉过他，火只属于神，但是他将这一想法置之脑后。他飞入云霄，用太阳的火焰点燃了一支火把，并将它带到了地面上。当宙斯看见火焰从天庭往下坠时，变得怒不可遏，寻思着用他能想到的最可怕的惩罚对付普罗米修斯。

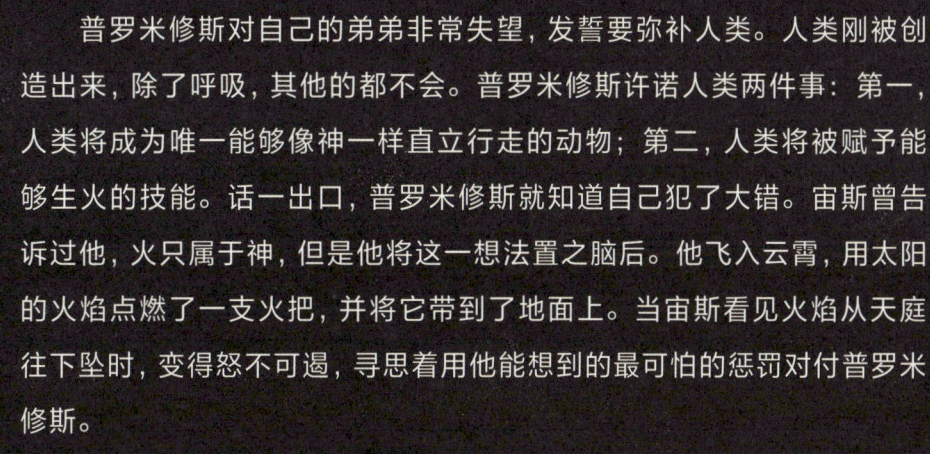

宙斯将普罗米修斯困在任何神明都料想不到的、一个世界上最遥远的角落——高加索山上。宙斯将普罗米修斯绑在一块巨石上，每天派一只鹰去啄食他的肝脏，将他的肉大块地撕下，再一口吞下。每天晚上，宙斯又让普罗米修斯的肝重新长好，这样他就无法死去。几年过去了，几百年过去了，普罗米修斯仍旧无法脱身，只能日日忍受被恶鹰啄食肝脏的痛苦。每一天，他都乞求宙斯放了他并将他流放到冥界，但每一天宙斯都无视他的请求。宙斯说过，普罗米修斯不能离去，除非有人愿意帮助他，但普罗米修斯想不出有谁会愿意为了帮助他铤而走险。

潘多拉

　　宙斯怒气难平。他让工匠之神赫淮斯托斯创造了一位世间无人能及的最美的女子。厄庇墨透斯赋予动物们什么样的能力，众神就赋予这位女子什么样的能力：智慧、好奇、忠诚，等等。众神给女子取名为潘多拉，还给她安排了一项不可能完成的任务：给她一个盒子，让她好好保管，禁止她在任何情况下打开，然后将她遣入人间寻找厄庇墨透斯。

　　尽管哥哥普罗米修斯警告过弟弟，宙斯很有可能会继续谋划复仇行动，但是当潘多拉出现在门口的时候，厄庇墨透斯将哥哥的警告抛诸脑后。他将潘多拉请进门，两个人彻夜不眠，讨论那个神秘的盒子，一致决定尊重诸神的意愿。但是，诸神知道他们终究抵御不了好奇心的驱使。最终，潘多拉出于好奇，慢慢地打开了盒盖……

　　盒子开始抖动摇晃，潘多拉吓了一跳，把盒子摔到了地上。盒子转着圈，剧烈地翻滚。每翻滚一次，就释放出一股宙斯封存在里面的邪恶力量。潘多拉和厄庇墨透斯惊恐地看着嫉妒、傲慢、仇恨、奴役、固执、虚伪、欺骗、不公、怀疑以及其他上千种邪恶扑腾着细小的翅膀飞了出来。潘多拉跳起来，掀动裙摆，企图捉住它们，但是它们飞得太快了，没过多久就飞远了。

　　盒子终于不再翻滚。潘多拉捡起盒子，往里面看了看，发现盒子并未清空，底部还有一双微微颤抖的小翅膀，那是一双不一样的翅膀。

翅膀是金色的，拍动的时候，形状犹如天鹅之翼。潘多拉将盒子倾斜了一下，看到盒子底部刻着的字："ἐ…λ…π…ί…ς"，也就是"希望"之意。潘多拉将盒子倒过来，晃了晃，等了一会儿，想看看希望会不会也飞出来。但是希望一动不动，于是她将盒子盖上，将希望安全地留在里面。

没有希望，人类将一无所有。

半人马喀戎

喀戎住在皮立翁山一个阴凉的山洞里。他是半人马：一种身体一半是人一半是马的生物。喀戎由光明之神阿波罗教其诗歌，因其智慧而声名远播。希腊各处的年轻人慕名而来，到山洞中听他讲学。喀戎亦是一位提坦之子，因而长生不老。

喀戎的学生中有一位叫赫拉克勒斯的年轻人，世人后来才知道他是一位大力士，而喀戎很早就知道了。那时的赫拉克勒斯不过是几岁大的孩子，盘着腿坐在喀戎的脚上听老师讲学。数年后，赫拉克勒斯长大了，他回到了皮立翁山，一抵达就去了好朋友福罗斯的家，并留下和他聚餐。为了搭配美食，福罗斯开了一瓶酒。未曾想，这瓶酒非同一般，是酒神狄俄倪索斯的酒。那醉人的酒香在山洞间飘荡弥漫，让其他的半人马闻到了。为了喝上一口美酒，这些半人马狂奔着冲向山洞，向福罗斯发起了攻击。

赫拉克勒斯抓起浸过毒药的箭朝半人马射去，由于慌乱，他没有时间瞄准。越来越多的半人马冲了进来。为了保护自己的朋友，赫拉克勒斯一箭接一箭发射。突然，他听到有人大喊一声："赫拉克勒斯，是我，住手！"但是，已经太迟了，赫拉克勒斯的箭已经离弦。扑通一声，只见一个半人马膝盖跪地，一支箭深深地扎在了他的大腿上。赫拉克勒斯这才认出了那张脸，是他那年长的老师——喀戎。

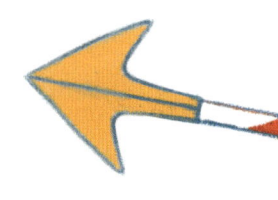

喀戎双手捂腿止血，却没办法阻止疼痛从伤口蔓延至全身。其他的半人马呆住了，狄俄倪索斯的美酒洒到了地上，被大地贪婪地吸收了。但是，赫拉克勒斯和半人马的注意力已经不在酒上面了。赫拉克勒斯哭了起来，从腿部扩散到臀部的痛楚让喀戎肝肠寸断。

此后的数日乃至数周，赫拉克勒斯陪伴在这位智慧的半人马身旁悉心照顾他，以减少他起身或是在洞内走动的次数。赫拉克勒斯从小就认识喀戎，他总能从老师身上学到新的东西，因此两人无话不谈。一天晚上，赫拉克勒斯告诉喀戎普罗米修斯的遭遇，讲述了他因为人类盗取火种而被宙斯惩罚的经过。

喀戎沉默不语。他将自己的一生奉献给了年轻人的教育事业。对于宙斯惩罚普罗米修斯的行为，他百思不得其解。在他教给学生的道理中，他最推崇的是下面这句话："知识在于分享，独知之不如众知之。"多年前，他亲手将这句话写在山洞教室的洞壁之上。普罗米修斯不过是想把火的温暖分享给他人，他犯了什么罪？喀戎认为，宙斯对普罗米修斯的惩罚太不公平了。

当晚，喀戎向众神请愿，将自己的想法大声说了出来，希望宙斯能够允许他代普罗米修斯受过。作为交换，他愿意放弃永生。话音刚落，喀戎感觉到自己的四蹄变得沉重起来，并且听到锁链叮当作响的声音，背上仿佛压着一块巨石。喀戎眨了眨眼睛，看了看四周，发现自己在一个陌生的地方，那是一座山的山顶。当喀戎看到一只尖嘴老鹰朝自己胸腔下的肉块飞过来的时候，他才意识到自己的心愿成真了——普罗米修斯自由了，而他却要代人遭罪，永世受苦。

然而，喀戎并没有被永远锁在巨石上。宙斯对这位未曾违抗过自己的半人马产生了同情之心。在经受了三天的痛苦之后，宙斯释放了喀戎并让他升入天空，将其身体的每一根骨头都变成一颗小星星，并大声宣告，让所有希腊的年轻人听到如下承诺：无论何时，想要寻找答案，只需要抬头望向夜空。只要年轻人对世界心存疑惑，喀戎将为其提供指引。那些星星按照喀戎的身形组成了星座，因喀戎的家人都是半人半马的生物，因此宙斯将该星座命名为"半人马座"。

伊阿宋和阿耳戈英雄

　　第一个用斧子砍树的人类名叫阿耳戈斯。他砍下皮立翁山顶上一棵又一棵树，削成光滑的条状，像拼凑打破的瓦罐碎片一样将它们逐渐搭成一艘船的样子，并依据自己的名字，将船命名为"阿耳戈号"。

　　派阿耳戈斯去造船的是一位名叫伊阿宋的人，其实伊阿宋才是需要这艘船的人。造船是为了解决一个由来已久的问题。

　　伊阿宋的叔叔珀利阿斯是堤洛之子。堤洛是一位公主，和大多数人类不同，她爱上的不是人类，而是一条名为厄尼普斯的河流。然而，厄尼普斯并不爱她。每一天，堤洛漫步河岸，弯腰伸手抚摸那黝黑的河水；每一天，堤洛屏住呼吸，将头埋在水里，试着和厄尼普斯说话。但是，厄尼普斯从未回应，他只是匆忙地向下游流去，尽可能快速地远离堤洛。然而，有一天，河流和往常不一样，当堤洛伸手触摸河面的时候，厄尼普斯没有逃离。堤洛确定有那么一瞬间能感觉到河流转身朝着自己逆流而来。她把头埋进水里对厄尼普斯说话，一个声音答道："跳下水来。"这个声音比堤洛想象的更加低沉一些，更像在发号施令。尽管心存疑惑，而且从水里抬起头后她发现嘴里有一股奇怪的咸味，但堤洛顾不得这些，她义无反顾地跳入水中。就在她双手入水的刹那，她才发现，底下不是流动的淡水，而是带着咸味的巨浪，如同海浪一般。堤洛惊呆了，环绕着她的不是厄尼普斯的河水，而是海神波塞冬的海水。为了欺骗堤洛，波塞冬将自己假扮成厄尼普斯。等到堤洛奋力游到岸上时，她已经怀上了波塞冬的孩子，一对双胞胎——珀利阿斯和涅琉斯。

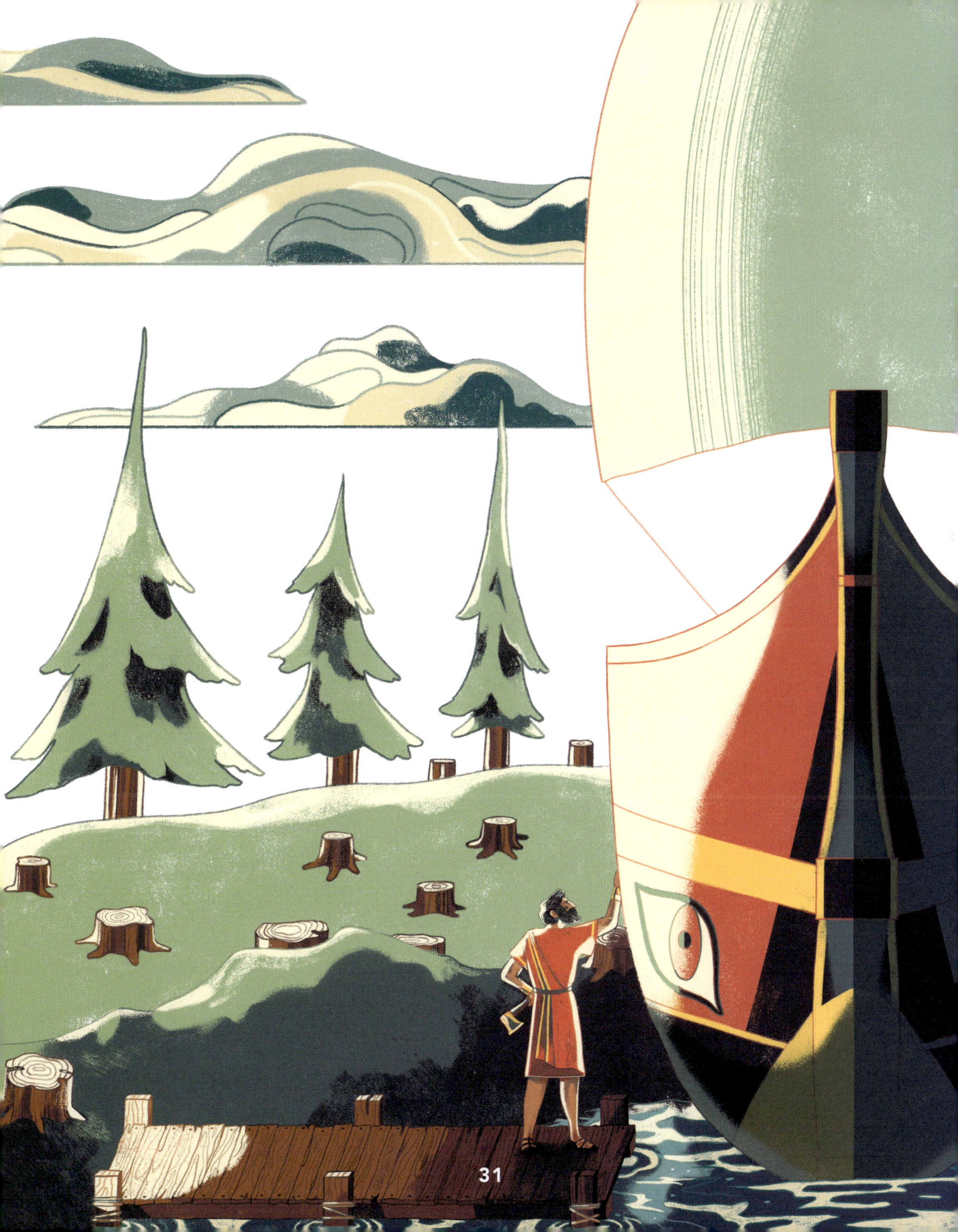

珀利阿斯和涅琉斯长大了。他们为了伊俄尔科斯的王位激烈搏斗。最后，那位早几秒钟出生的哥哥——珀利阿斯赢了，然而他时刻担心着某一天会有人来抢走他的王位。因此，他将母亲堤洛所生的其他孩子全部流放。珀利阿斯曾经听闻一个预言，说有一位脚上穿着一只鞋的年轻人将夺取他的王位。每当珀利阿斯心情好的时候，他就把这个预言当成笑话，一笑置之；但是每当他心情不好的时候，就会走上伊俄尔科斯的街道，盯着地面，数着来往年轻人脚上的鞋子。

伊阿宋的父亲正是那些被流放的堤洛之子中的一位。在伊阿宋出生之前，珀利阿斯就非常紧张，将其看作自己王位的威胁。珀利阿斯一看见市场上售卖的婴儿鞋，他就紧张兮兮。为了保护自己的孩子免受迫害，伊阿宋的母亲精心导演了一场葬礼。

伊阿宋出生的时候，他的母亲命令住所中所有的女人哭起来，让珀利阿斯认为孩子夭折了。她还安排了一场葬礼，在葬礼举行的过程中偷偷将伊阿宋从后门送走，送往皮立翁山的山洞里。她将伊阿宋托付给半人马喀戎，希望喀戎将他养大，因为只有在这里伊阿宋才是安全的。多年后，伊阿宋离开了他视为家园的皮立翁山，前往他的出生地伊俄尔科斯。在途中，他遇到了一位老妇人。老妇人站在及踝深的河水里，蹒跚着想要渡河。伊阿宋停了下来，伸出胳膊挽着她过了河。

一到岸边，老妇人变了模样。没等伊阿宋反应过来，就发现自己面前站着女神赫拉。伊阿宋知道赫拉是婚姻和家庭之神，认为她的出现是一个好兆头。赫拉承诺会保护他，并且永远信守承诺。伊阿宋惊喜不已，以至于走过绿草如茵的河岸，走上崎岖不平石头遍布的小路后，才发现自己丢了一只鞋。除了光着一只脚踩在满是石头的路面上会感觉硌脚以外，他未曾多想。就这样，伊阿宋继续前往伊俄尔科斯。

伊阿宋刚到伊俄尔科斯，珀利阿斯就看见了他的脚，想起那个预言，便问道："如果先知告诉你有一天你的王位会被一个穿着一只鞋的年轻人取代，而你正好遇到一位从未谋面的年轻人，他正好穿着一只鞋，你会怎么办呢？"尽管伊阿宋努力不在那位疑神疑鬼的国王面前表露自己的喜悦之情，还是控制不住被逗笑了。他立即回答道："我会给他一个无法完成的任务，去做一件我知道他永远无法成功的事情。"伊阿宋的勇敢让他自己都感到吃惊，随后他意识到这是女神赫拉给他的勇气。

"给我去找……"珀利阿斯想了一会,"金羊毛。"伊阿宋从来没听说过金羊毛,他询问了关于金羊毛的信息。珀利阿斯告诉他,从前有一只会飞的羊,这只羊长着金色的卷毛,它那金色的羊毛被当作礼物赠予了埃厄忒斯国王,之后被挂在一个名叫科尔喀斯的遥远王国的树林里,被一条永不沉睡的巨龙守护着。伊阿宋和珀利阿斯都知道,获取金羊毛并将其带回伊俄尔科斯是一项不可能完成的事情。

但是赫拉的看法不一样。她建议伊阿宋召集一群最强壮的人,为这群人取了一个名号叫"阿耳戈英雄",并让他将一棵树的树干挖空造船,尽管当时的人类并不知道船是什么。伊阿宋叫来阿耳戈斯,让他用皮立翁山上最粗壮的松树制造航行用的船只。船建好后,他们就出发了。

他们首先来到楞诺斯岛,那是一座只有女人没有男人生活的岛屿,统治者是女王许普西皮勒。队伍中有些人感觉不适,毕竟这儿的生活和伊俄尔科斯的截然不同,岛上也没有男人能休息的地方。所以,他们回到船上继续航行。接下来,他们来到杜利奥纳人居住的岛屿。在这儿,他们得到了国王库梓科斯的热情款待。库梓科斯是一位积极乐观的统治者,他不愿意讲出王国里有危险怪物的事打扰勇士们。他觉得只要阿耳戈英雄不踏入位于岛屿边缘的黑暗森林,就不必担心森林里的怪物们。

伊阿宋和伙伴们为接下来的旅程去寻找食物，让最强壮的赫拉克勒斯留下守船。没过多久，赫拉克勒斯就看见森林里冒出了一群六只手的巨人。他还以为自己睡着了，才做了这么一个可怕的梦！然而，这些巨人可不是他所认为的梦境中的怪物，他们向赫拉克勒斯冲了过来。不过，这些巨手怪物都不是赫拉克勒斯的对手，赫拉克勒斯打败了几个巨人之后，剩下的巨人因为害怕逃回了森林。

阿耳戈英雄们返回，陆续登上阿耳戈号，却发现有一个人不在：许拉斯。赫拉克勒斯将自己所有的秘密都告诉了许拉斯，而且仰慕他。他叫来伊阿宋，询问许拉斯的下落。但伊阿宋还未开口，他的眼神就让赫拉克勒斯明白自己再也见不到许拉斯了。伊阿宋接下来的话令赫拉克勒斯更加悲痛欲绝。

原来，当阿耳戈英雄们从森林返回的时候，许拉斯停下来欣赏一棵松树，这棵松树让他想起了皮立翁山上的那些松树。他站在那儿的时候听到了一些声响，起初像低语，后来像有人在唱歌。声音来自附近的一汪湖水。

为了听得清楚些，他跪了下来。尽管听说过关于仙女用歌声媚惑人心的故事，但许拉斯此前并未遇到过。仙女对许拉斯一见钟情，她们伸出满是淤泥的冰冷的手抓住他，将他拖入水中。但是，她们没有意识到许拉斯是人类，无法像她们那样在水下生存。就这样，许拉斯被淹没在深水之中。

赫拉克勒斯伤心欲绝，他瘫倒在沙滩上，哭了一天一夜。为了重新起航，他的伙伴们不得不将他抬回船上。

没过多久，阿耳戈号抵达菲纽斯国王的领地。菲纽斯长期遭受着饥饿之苦，从他侧身看过去，他就像纸片一样薄。不仅如此，他还双目失明。那些不喜欢他的人说，这是因为他向不该知道未来的人泄露天机才遭到了神明的惩罚。事实上，神明是用另一种方式来惩罚他的：他们派鸟怪哈耳庇厄来折磨他。那些巨大而拥有神力的鸟长着女人的脸庞，爪子锋利，力大无比。阿耳戈英雄们看着哈耳庇厄冲下来，吞下桌子上的所有食物，而菲纽斯根本来不及吃上一口。伊阿宋和伙伴们无法看着菲纽斯继续忍饥挨饿而置之不理，他们将鸟怪赶到岛屿边缘的陡峭悬崖。鸟怪们竭尽全力不让自己掉入大海。当这些鸟怪用利爪抓着悬崖边缘的时候，大海上方的天空中出现了一道彩虹，色彩斑斓的女神伊里斯随之现身。伊里斯虽是哈耳庇厄的姐妹，但她却很善良。她向阿耳戈英雄们祈求，不要将她的姐妹们赶入大海，并保证她们不会再骚扰菲纽斯及他的人民。阿耳戈英雄们同意了。菲纽斯终于吃上了几十年来的第一顿美餐，饱腹的感觉对他来说永生难忘。他许诺将倾尽全力帮助阿耳戈英雄。

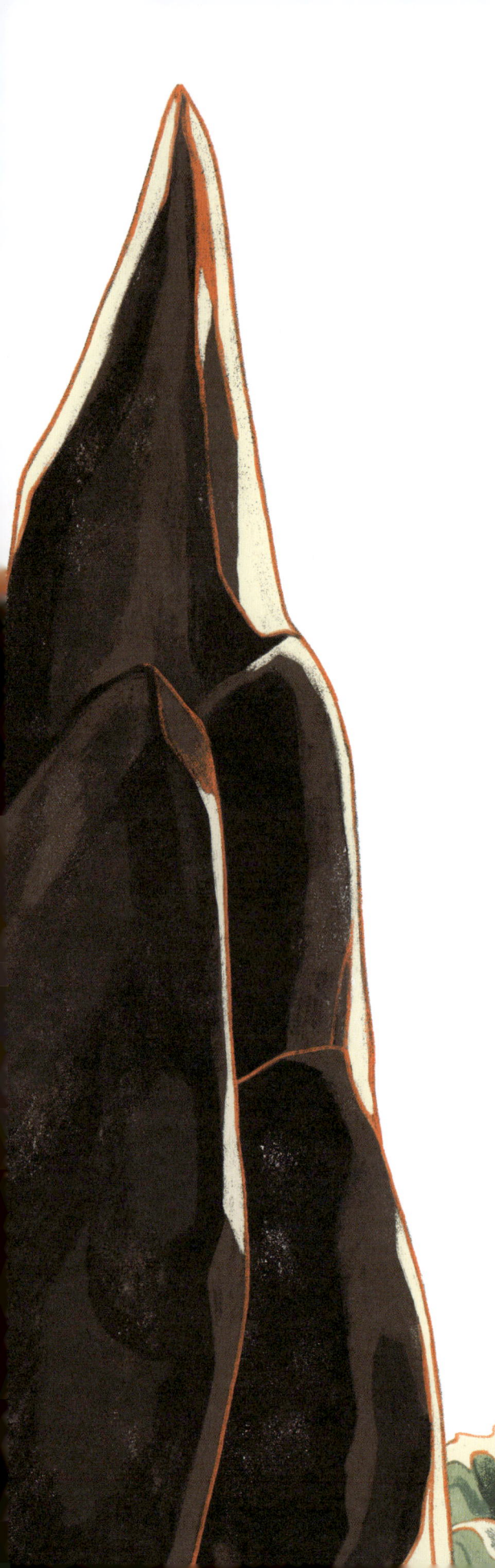

菲纽斯国王告诉伊阿宋，在通向科尔喀斯找到金羊毛的那条唯一的路上，要穿过两堵巨岩。他叮嘱阿耳戈英雄们千万小心，因为每当船只试图穿过那个地方的时候，那两堵巨岩就会撞击到一起，将中间的一切压得粉碎。但是菲纽斯有办法让阿耳戈号成功穿越这个让成千上万艘船只被毁的危险之地。他建议道："在快要靠近那个地方时，释放一只白鸽，让它飞在船只的前头。然后，以最快的速度向前行驶，直到驶出那片危险区域。"在阿耳戈英雄们看来，以最快的速度驶向相互撞击的岩石有些奇怪，但伊阿宋却没有质疑。他谢过菲纽斯，决心按照他的建议去做。当阿耳戈英雄们接近岩石时，伊阿宋打开了一个小笼子，放出了一只白色的鸽子，两边的巨石开始互相撞击，但是白鸽却轻松地在彼此撞击的岩石缝隙中穿行，虽然尾巴掉了几根羽毛，但最终成功通过。正当两堵巨岩互相撞击的时候，伊阿宋让阿耳戈英雄们用尽全力划船。当他们靠近岩石的时候，两堵岩石开始分离开来。因为岩石太重以至于无法迅速变换方向重新撞向彼此，就这样，阿耳戈号成功穿了过去。巨石突然停了下来，仿佛不知所措。无法再次互相撞击的巨石就那样停住了，此后，过往船只到这里都能畅行无阻。

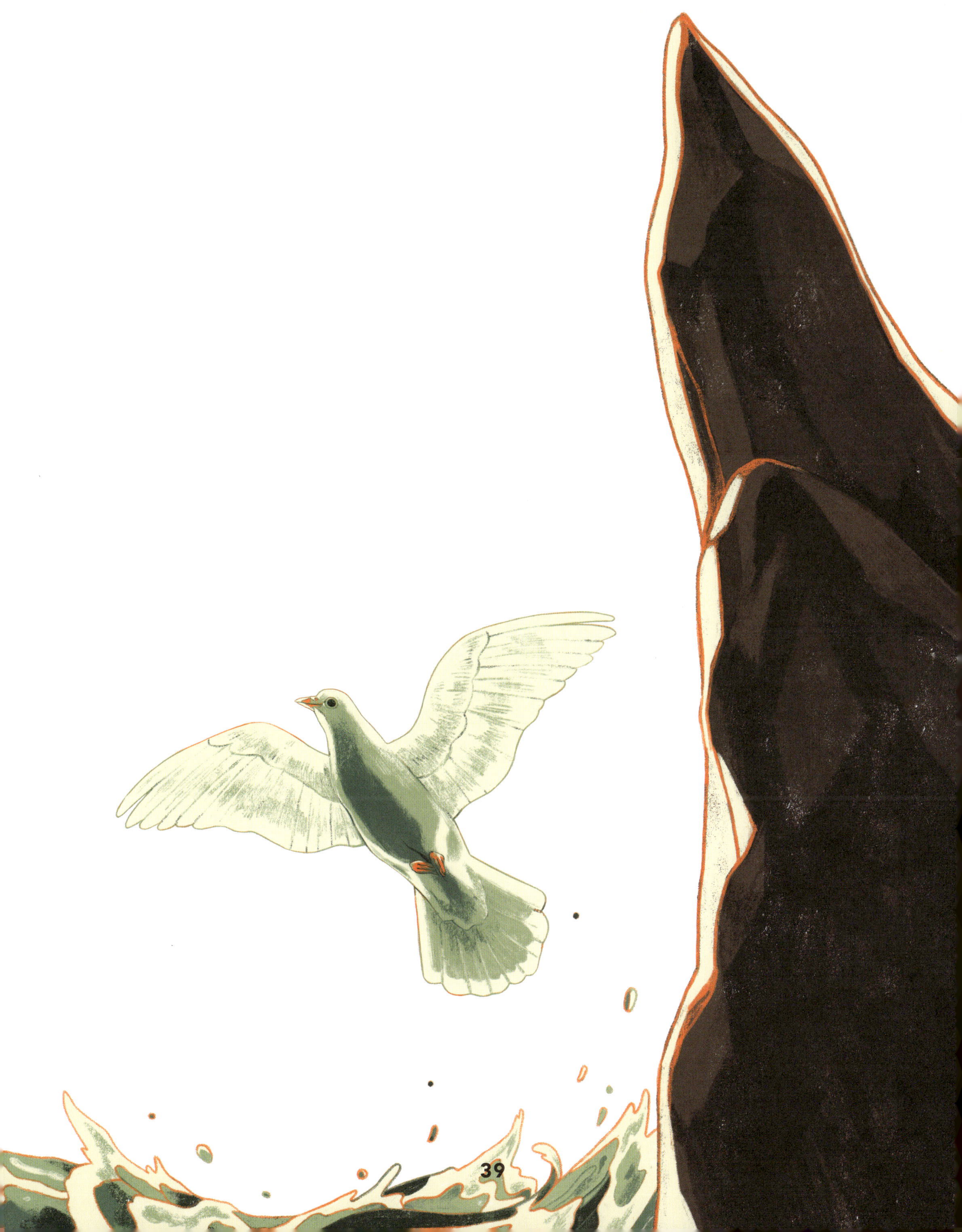

伊阿宋和美狄亚

阿耳戈号终于抵达科尔喀斯，也就是埃厄忒斯国王藏金羊毛的地方。伊阿宋绞尽脑汁，左思右想，不知道如何才能打败永不沉睡的恶龙。与此同时，赫拉女神正悄悄酝酿着一个秘密计划。她一直密切关注着伊阿宋，决定现在要奖励一下这位多年前帮助自己过河的年轻人。因此，她向爱情与美丽之神阿佛洛狄忒求助。对于阿佛洛狄忒来说，这事再简单不过了，只要打个响指就能让国王的女儿美狄亚瞬间爱上伊阿宋。赫拉知道，有了美狄亚的帮助，伊阿宋才有可能完成这项"不可能完成的任务"。

没过多久，伊阿宋也爱上了美狄亚。伊阿宋不舍昼夜地听着美狄亚讲述生长在科尔喀斯土地上的那些植物的神奇魔力。他爱她的博学多识，爱她眉飞色舞地谈论自己对植物的研究——她似乎能够将各种各样的植物都制成魔法药水。慢慢地，他意识到，美狄亚的知识或许能够帮助他对付恶龙、获取金羊毛。

伊阿宋说出了自己的想法，美狄亚瞬间就明白自己需要做什么。她摘下伊阿宋从没见过的植物的叶子和花朵，轻声念着它们的名字，并将它们混在一起制成药水，然后把盛放药水的石罐放到了伊阿宋手里，亲吻了他，并将他带到父亲埃厄忒斯国王存放金羊

毛的树林中。当伊阿宋看到恶龙虎视眈眈地盯着自己的时候，不禁打了一个寒战。他慢慢地旋开小石罐的盖子，突然盖子弹了开来，一股黑色的液体流到地上，朝恶龙流去。那液体闻起来像黑檀木的干树皮。恶龙的脑袋逐渐变沉，眼皮耷拉着，最后身体重重地倒在地上。一时间草丛颤抖，树木摇晃。恶龙总算睡着了。伊阿宋踮着脚从恶龙身边走过，抬起手，将金羊毛从树上拽了下来。他用手触摸着金色卷曲的羊毛，不敢相信仅凭他和美狄亚的力量就得到了金羊毛。

　　伊阿宋赶紧跑到岸边，美狄亚已准备好逃跑的船只。伊阿宋一手抓着金羊毛，一手抓着美狄亚的手。美狄亚将弟弟阿布绪尔托斯托起，放到阿耳戈号的甲板上。伊阿宋高声让阿耳戈英雄们以最快的速度划船，船的航速也快了起来。但是当他以为他们已经离科尔喀斯足够远，可以安枕无忧的时候，他转头发现，后面跟着一艘比阿耳戈号更大的船，而且速度越来越快。那艘船上划船的人数是阿耳戈号的两倍。美狄亚一眼便认出船舵旁站着的那个人——她的父亲。

伊阿宋让阿耳戈英雄们加速划船。然而，他们拼尽全力，两艘船还是离得却越来越近，伊阿宋轻轻一跳就能跨过这两艘船的间隙。他转身看向美狄亚，发现她正紧盯着弟弟阿布绪尔托斯。她意识到是弟弟向父亲告密，否则父亲不可能知道他们的逃跑计划。弟弟的背叛让美狄亚瞬间火冒三丈，她做出了一个让她终生后悔的决定。她抓住弟弟的肩膀，将他撕成了碎片，接着将弟弟的身体碎片从船的边缘撒到了水里。埃厄忒斯看着儿子的身体碎片一点一点被波浪吞噬，他撕心裂肺地喊叫着。接着，他让船员们停下船，一点一点搜集儿子的身体碎片，直到找到全部碎片并放在沙滩上像拼图一样拼接起来。然而，等他们完成这一切的时候，伊阿宋、美狄亚和阿耳戈号已经从他们的视线中彻底消失了。

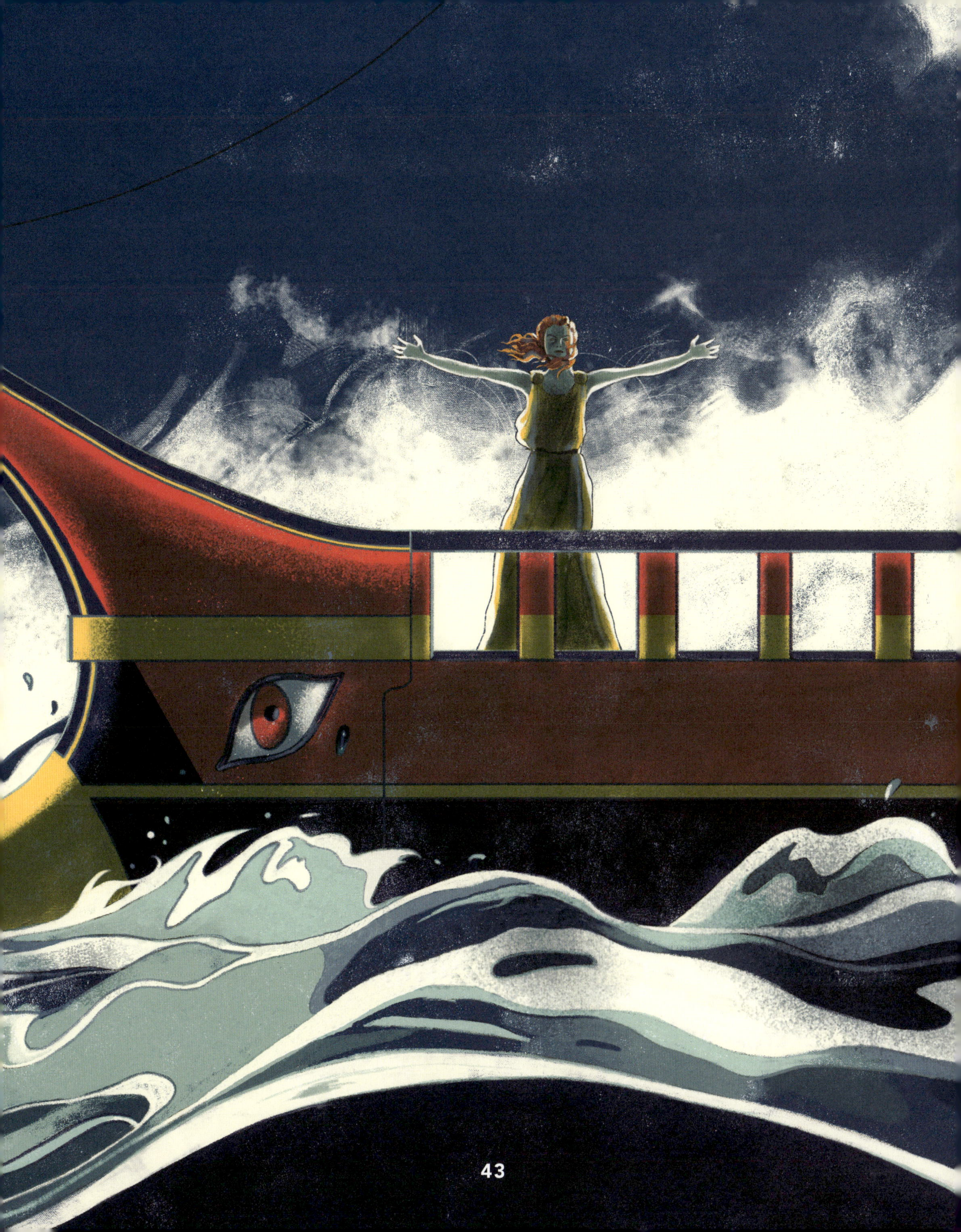

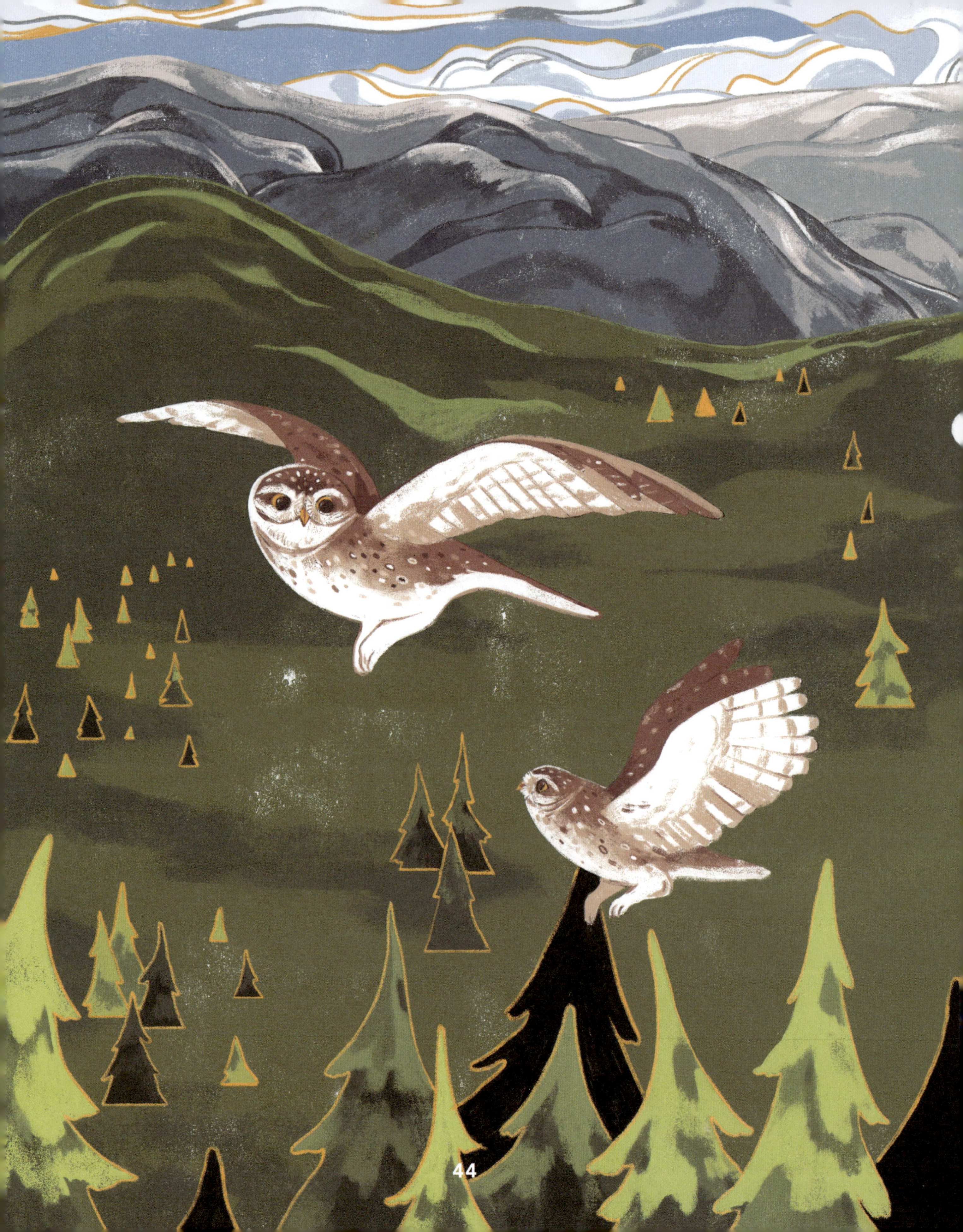

帕耳那索斯山

小猫头鹰着急地用爪子挠着地。"后来呢？故事就这么结束了吗？"猫头鹰爷爷笑了起来，说："对阿布绪尔托斯来说，或许那就是结束，但对伊阿宋来说却不是。"猫头鹰爷爷告诉小猫头鹰，尽管伊阿宋和美狄亚带着金羊毛最终回到了伊俄尔科斯，但他们的幸福并未持续多久。

然而，对于居住在皮立翁山森林里的猫头鹰来说，故事也到此结束了。猫头鹰爷爷解释说，从建造阿耳戈号时第一棵松树被砍倒，黄金时代就结束了。猫头鹰无法继续生活在皮立翁山，山上没有树木遮蔽，大地被阳光炙烤，况且他们也无法忍受亲眼看着自己的家园被毁于一旦。他们向南迁徙，南方有更凉爽的夜晚，更肥硕的老鼠，最重要的是，南方的人类更少。说完这些，猫头鹰爷爷又起飞了，小猫头鹰紧跟着他。

终于，两只猫头鹰飞到了另一座山，山顶绿树成荫，猫头鹰爷爷说那是帕耳那索斯山，是皮立翁山的树木被砍伐之后猫头鹰们逃往的地方。猫头鹰爷爷给小猫头鹰解释，在古老的语言中，"帕耳那"是"家"的意思。他们停在一根树枝上，"是家吗？"小猫头鹰问道，"我的意思是，你的家？"猫头鹰爷爷答道："曾经是，后来不是了。"

突然，小猫头鹰听到一种奇怪的嗡嗡声。紧接着，另一个声音加入进来，随后又一个声音加入其中。小猫头鹰问爷爷："你听到了吗？"爷爷反问道："听到什么？"看到爷爷嘴边的羽毛调皮地竖起,小猫头鹰明白其实爷爷知道自己问的是什么。爷爷接着说:"哦,那是树在歌唱。"小猫头鹰咯咯笑了起来:"树可不会唱歌。"猫头鹰爷爷说道:"这儿的树会唱歌,你听。"小猫头鹰仔细听了听,的确是周围树木发出的声音。猫头鹰爷爷解释道:这座山属于阿波罗。阿波罗是诗歌和音乐之神,还负责日出和日落。

"帕耳那索斯山,"猫头鹰爷爷接着说,"是猫头鹰们学会遵守承诺的地方。"他在树枝上歇了下来,打算告诉小猫头鹰住在帕耳那索斯山的歌者俄耳甫斯的故事。虽然俄耳甫斯的音乐美妙绝伦,但是才华横溢的他也没能遵守自己的承诺。

猫头鹰爷爷深吸一口气,正要开始讲那个故事,忽然,一阵大风吹来,祖孙俩站立不稳,张开双翅,从树枝上飞了下来,轻轻地停在了冷杉树下的草地上。他们抬起头,看见一匹高大的白色骏马从头上飞过,他的鬃毛在星光的照耀下闪闪发亮。这匹骏马朝某个地方嘶鸣着,摆动着金色翅膀,冷杉的叶子掉落了一地。"欢迎来到帕耳那索斯山,"一个巨大、低沉的声音从天空传来,"我是珀伽索斯。"小猫头鹰惊呆了。

在这座山上,原来不止鸟能飞翔!珀伽索斯抖了抖那身华美的鬃毛,迅速消失在夜空中,猫头鹰根本追不上。

"这下,你见过珀伽索斯了!"猫头鹰爷爷笑了起来。

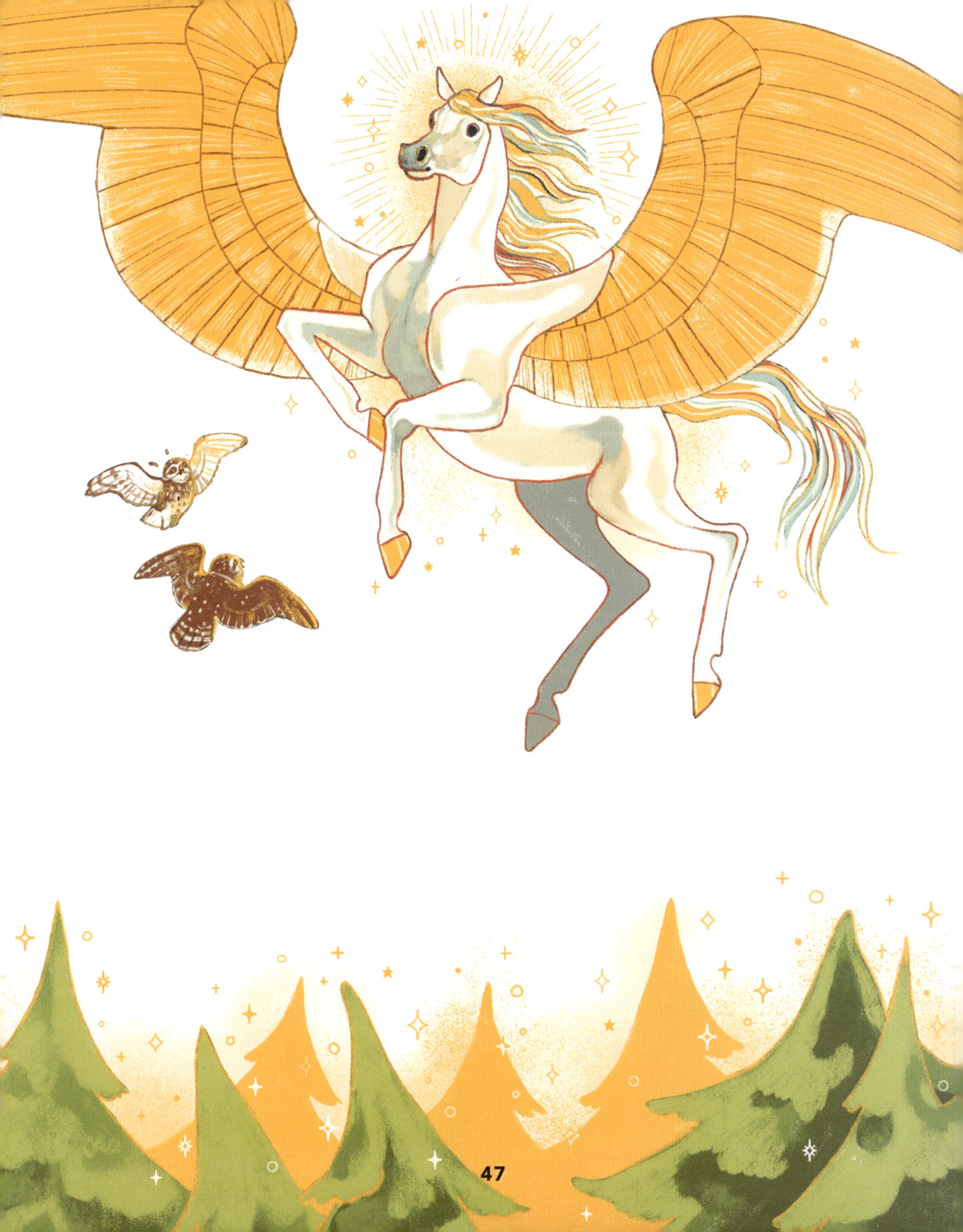

珀伽索斯和柏勒洛丰

　　珀伽索斯因为与伟大英雄柏勒洛丰的友谊而名扬希腊。他们一起打败了狮头、羊身、蛇尾的凶猛怪物奇美拉。尽管消灭奇美拉让众神称心，但是柏勒洛丰并不满意。他渴望荣耀，越多越好。一天，他决定骑着珀伽索斯向从未达到过的高峰飞翔，那就是奥林波斯山，世界的最高点，诸神的住所。

　　柏勒洛丰明白，人类与诸神之间的界线是不允许被跨过的。但柏勒洛丰太自大了，罔顾规则。当宙斯看到一匹闪耀的白马扇动着金色翅膀朝他奔驰而来，便知道马背上是柏勒洛丰。宙斯决定告诫这位英雄——那匹高贵的坐骑是多么容易分心。于是，宙斯从空中抓了一只小牛蝇让它飞到珀伽索斯面前。牛蝇在珀伽索斯身旁嗡嗡作响，不一会儿，珀伽索斯完全忘记了自己是一匹有法力的飞马，像一头老驴一样，朝牛蝇又是蹬又是踢。柏勒洛丰无法抓牢珀伽索斯，跌回地面，从此以后，孤身一人，漂泊在人间。

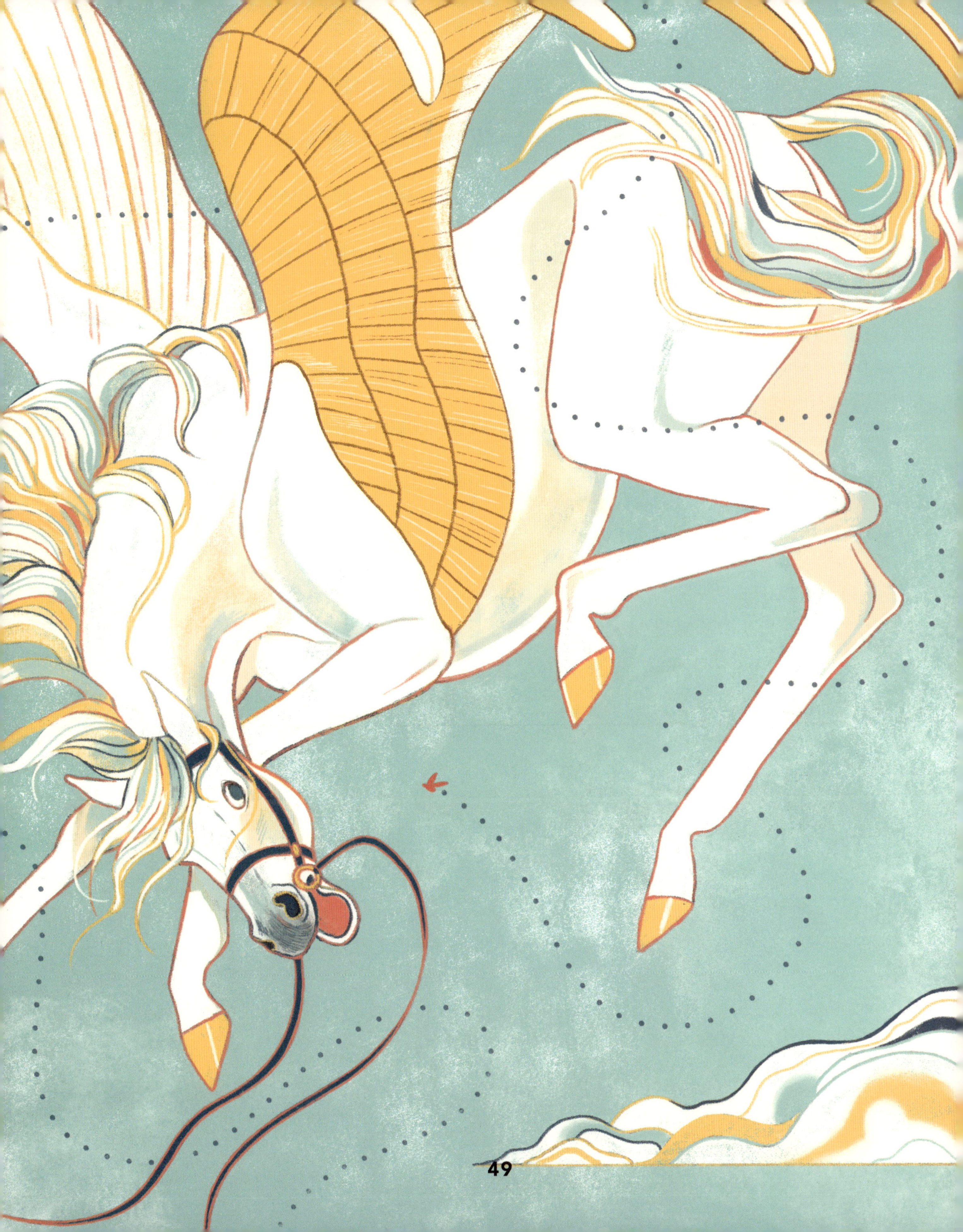

发现狼嚎之城

在遇到柏勒洛丰之前,珀伽索斯一直住在帕耳那索斯山北边的大理石悬崖上。那儿还住着吕科瑞亚人,他们以前并不住在这么高的地方。很久以前,他们住在山脚下茂密的森林里。由于那里绿树成荫,小村庄很是隐蔽,中间只有一条河流通过。那河流是吕科瑞亚人的命脉,他们每天从河里取水,在河里沐浴,在河里嬉戏。

一天,河流背叛了他们。不知道是因为神的命令还是被吕科瑞亚人激怒,河水开始上涨,水势越来越大。接着,吕科瑞亚人的房屋被淹没,用来煮饭的火被浇灭。无奈之下,他们把所有能带走的东西都带走,逃离了村子,沿着山路向山上逃去,希望能抵达更接近太阳的地方,这样阳光的温暖便可以晒干身上的衣服。然而,他们的努力似乎是徒劳的。大理石悬崖光滑的表面令他们脚底打滑,脚下的路也被水淹了,无法分辨方向,族人中的年长者和体弱者无法跟上队伍。

正当他们打算放弃,任由河水将他们冲回山脚的时候,一个名叫科拉的女孩突然停

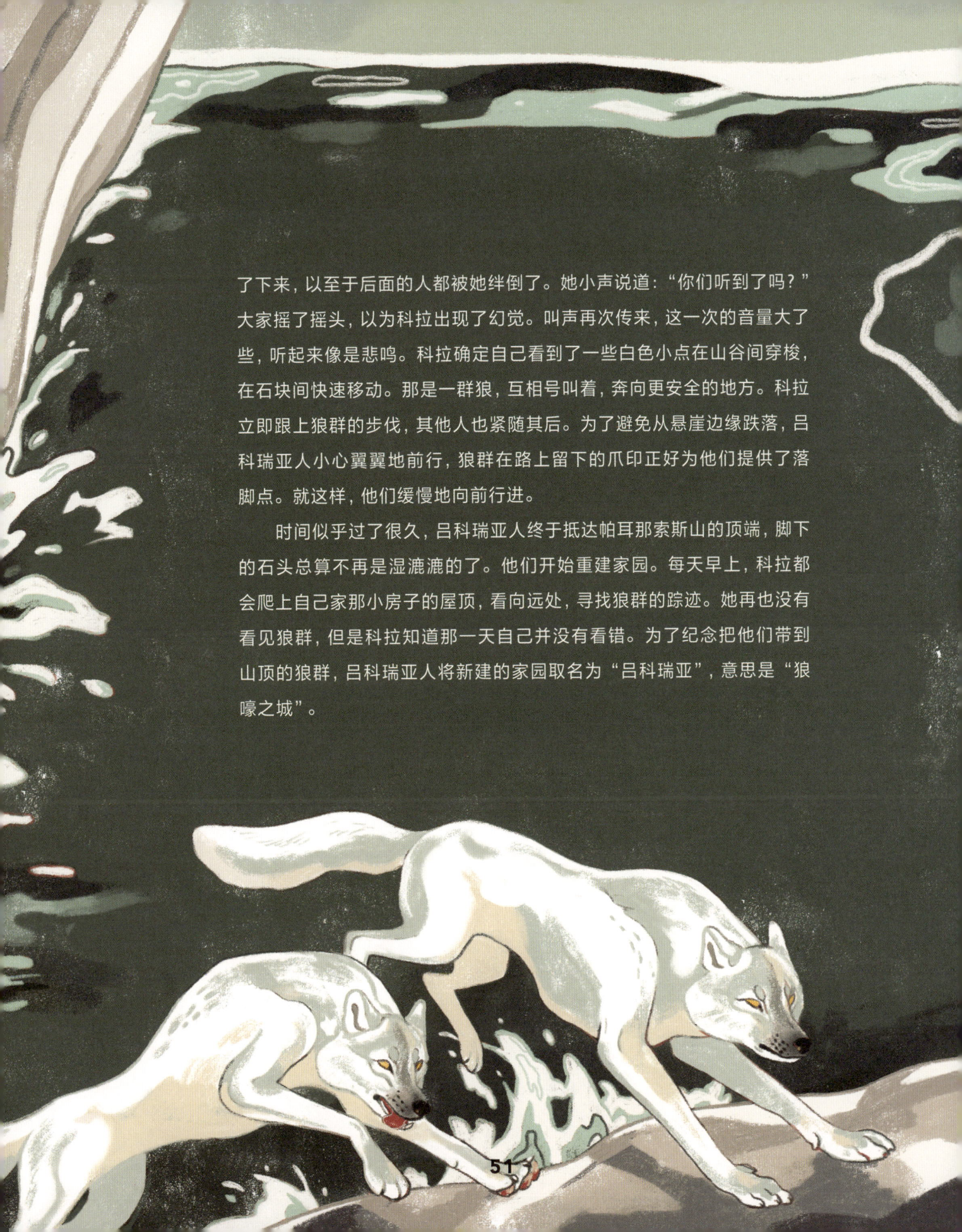

了下来,以至于后面的人都被她绊倒了。她小声说道:"你们听到了吗?"大家摇了摇头,以为科拉出现了幻觉。叫声再次传来,这一次的音量大了些,听起来像是悲鸣。科拉确定自己看到了一些白色小点在山谷间穿梭,在石块间快速移动。那是一群狼,互相号叫着,奔向更安全的地方。科拉立即跟上狼群的步伐,其他人也紧随其后。为了避免从悬崖边缘跌落,吕科瑞亚人小心翼翼地前行,狼群在路上留下的爪印正好为他们提供了落脚点。就这样,他们缓慢地向前行进。

时间似乎过了很久,吕科瑞亚人终于抵达帕耳那索斯山的顶端,脚下的石头总算不再是湿漉漉的了。他们开始重建家园。每天早上,科拉都会爬上自己家那小房子的屋顶,看向远处,寻找狼群的踪迹。她再也没有看见狼群,但是科拉知道那一天自己并没有看错。为了纪念把他们带到山顶的狼群,吕科瑞亚人将新建的家园取名为"吕科瑞亚",意思是"狼嚎之城"。

俄耳甫斯和欧律狄刻

　　住在帕耳那索斯山的还有缪斯。这九位女神拥有超乎凡人想象的美妙歌喉，能编出多数诗人写不出来的故事，谱写多数歌手想不出来的歌曲。

　　九位女神中年纪最大的是卡利俄佩，她的小儿子名叫俄耳甫斯。一天，俄耳甫斯正在玩耍，突然感觉背后一阵凉意。他回过头，发现是阿波罗在自己身上投下了影子。阿波罗一言不发，从长袍的褶皱中拿出一样东西，并把它放在地上。俄耳甫斯从未见过那样的东西，形状像乌龟壳，但是顶部伸着两根长长的角，两根角各向一边倾斜，中间紧紧拴着七根白色的马毛。俄耳甫斯正要伸手去拿那新奇的玩意，阿波罗开口说话了。他声音低沉，富有韵律，俄耳甫斯分不清他是在说话还是在歌唱。"俄耳

甫斯，你见过里拉琴吗？"俄耳甫斯摇摇头，好奇地拿起琴放在自己的膝盖上，想看得更清楚些。他拨了拨其中一根马毛，一个声音响了起来，吓了他一跳，把乌龟壳一样的里拉琴扔到地上。阿波罗继续半说半唱道："你能学会的。"等俄耳甫斯将里拉琴上的灰尘擦干净重新放到膝盖上的时候，阿波罗却消失不见了。

俄耳甫斯确实学会了。他和墨尔波墨涅阿姨一起练习悲伤歌曲，和塔莉娅阿姨练习欢乐歌曲，和欧忒耳珀阿姨练习抒情歌曲。他坚持练习直到能够为忒耳普西科瑞阿姨所知道的每一种舞蹈伴奏，直到能够准确地为乌拉妮娅阿姨所知道的每一颗星星奏出完美的音符。他的音乐开始在希腊流行起来，而为他的音乐倾倒的不光有人类。当他在森林里演奏的时候，树木仿佛都随着音乐的节奏摇摆。他从未忘记是阿波罗赠予他这一宝贵的礼物，两人成了很好的朋友。俄耳甫斯长大后迎娶了阿波罗的女儿欧律狄刻为妻。她身材高大，犹如橡树一般强壮，而且总有说不完的话。所有人都认为他们俩是天造地设的一对。但是当婚姻之神许门听到俄耳甫斯在婚礼上唱的歌，看到这对新人在草地上跳的舞，却差点流下眼泪，并留下了一句话："幸福是短暂的。"

当天晚上，欧律狄刻从草地处往回走，路上看见牧人阿里斯泰俄斯站在远处。两人从小就认识，因此欧律狄刻一眼便认出阿里斯泰俄斯。但是，这晚的阿里斯泰俄斯却是陌生的——他眼神冰冷，没有友好地挥手，而是突然朝欧律狄刻跑过来。欧律狄刻立即转身逃跑，却未看清脚下。在离草地不远的地方，她感到两颗尖牙刺穿了她的左脚脚踝，疼痛迅速蔓延至腿部，进入腹部，

接着上升至胸口。很快，她便无法呼吸，倒在地上。她的灵魂离开了躯体，开始缓缓地向冥界沉去。咬她的毒蛇从她脚边溜进了旁边的灌木丛中。

俄耳甫斯发现了过世的妻子，伤心欲绝。他拿起里拉琴，没日没夜地弹着他所知道的最悲伤的歌曲。他一边痛哭，一边不停地弹着琴。听着他弹奏的哀乐，住在溪流边的仙女们开始哭泣，树木开始流泪，石头开始悲泣。那温柔而又悲伤的曲调飘向远方。很快，俄耳甫斯的后背感觉到一股熟悉的凉意，阿波罗那低沉而富有韵律的声音在山间回响："尽快赶往斯巴达之门，找一位叫卡戎的摆渡人，让他帮你渡过冥河。"俄耳甫斯弹奏的速度加快了，全希腊的人都能听出他的恐惧，因为他知道人类是不能越过冥河而又活着回来的。阿波罗仿佛听到了他的心声，说道："很简单，过了河之后，你只要能从一只有三个脑袋的巨犬身旁经过，就能向哈得斯和珀耳塞福涅提出带欧律狄刻返回人间的请求。"俄耳甫斯正要张嘴答话，却感觉到温暖的阳光重新照在了身上，阿波罗走了。

俄耳甫斯拿起里拉琴，以最快的速度跑到了斯巴达之门，气喘吁吁地抵达冥河河岸。不等开口，摆渡人卡戎就来到他跟前。老头手里拿着一根长杆，用来撑船渡河，说话的时候眼睛里闪着蓝色的火焰。"已逝之人，上船来。"他的声音听起来像是铁片在石头上刮擦。俄耳甫斯想要开口解释自己并未死去，但是却想不到用什么词语来表达。他拿起里拉琴，音乐才是他唯一的语言。他弹起欧律狄刻去世那天他弹过的曲子。卡戎眼里的火焰逐渐暗淡下去，一滴眼泪流了下来，滴在腿上。

卡戎开始划船，每划一下他们就离河岸更远一点，船渐渐消失在黑暗里。突然，一阵剧烈晃动，船停了下来。俄耳甫斯爬上冥河的另一岸，看着摆渡人撑船返回阳光照射的地方。脚下的地面动了起来，平稳地、有节

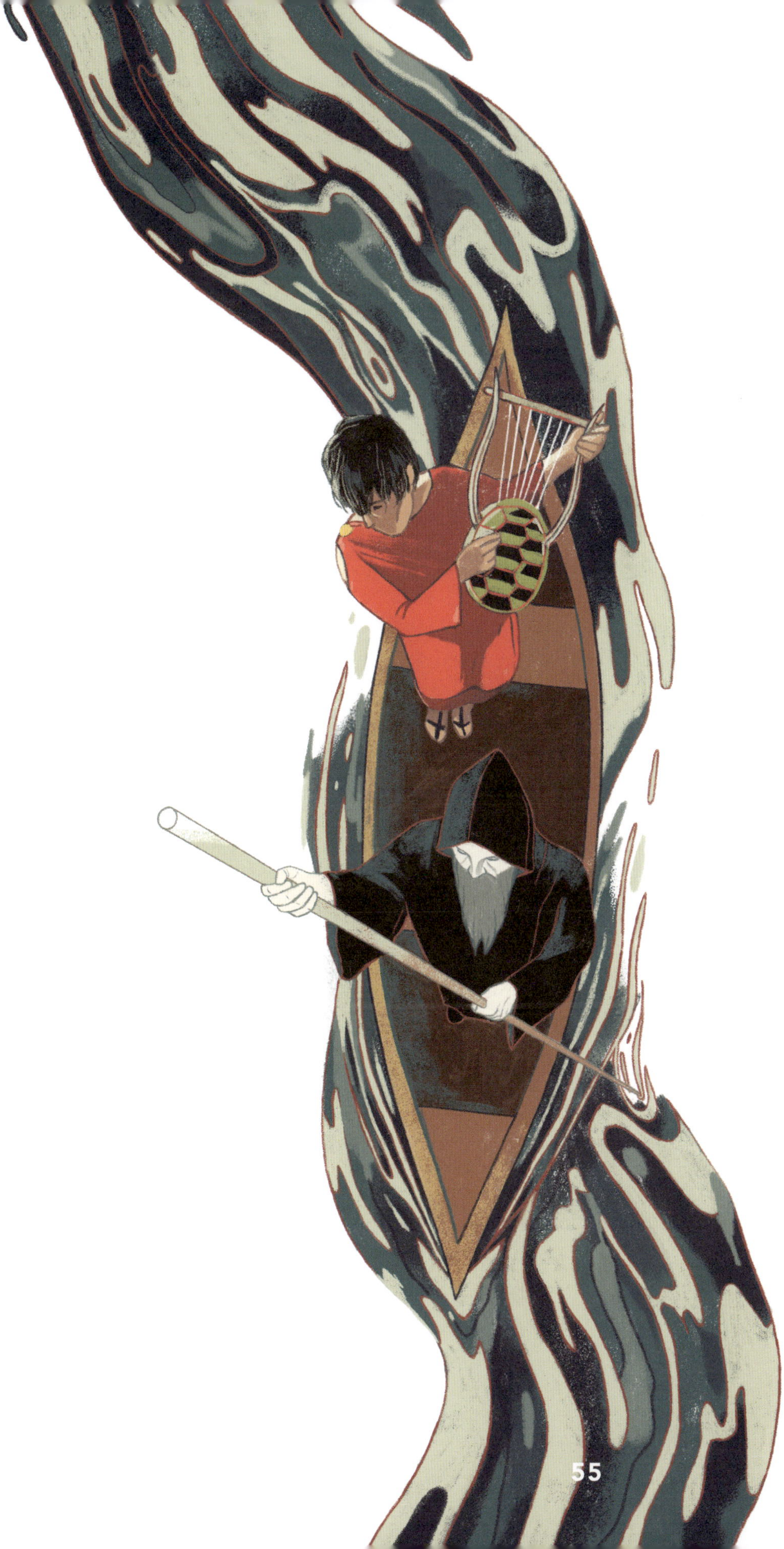

奏地升起降落，他这才意识到自己根本不在河岸上，而是在某种巨大的动物身上！俄耳甫斯向黑暗里瞟了一眼，发现自己站在一只巨犬身上，而且它有——俄耳甫斯数了数——三个脑袋！巨犬的六只眼睛都闭着，但是俄耳甫斯能隐约看见它那三副锋利的牙齿。他一边蹑着脚从巨犬的胸廓处走到肩膀，跳向岸边，一边用里拉琴缓缓地弹着安神的旋律，嘴里哼着催眠的曲子。怪兽一直沉睡，并未醒来。

他蹑手蹑脚地往前走，深入冥界，没过多久，听到远处有女人的哭泣声，哭声在黑暗中回响。俄耳甫斯循着哭声，靠近了才听到女人的问话："为何会有那么悲伤的音乐？"到这时俄耳甫斯才辨认出黑暗中的身影，那是珀耳塞福涅，她正倚靠在椅子上哭泣，而哈得斯在尽力安慰她，看起来并不奏效。"我的妻子……"俄耳甫斯开口道，"她被毒蛇咬了，如今到了这儿，我来是想带她回去。"他最后一次弹起了那首悲伤的歌。哈得斯和珀耳塞福涅都被他那深深的悲伤所打动，同意他把妻子带回人间，但是他们提出了一个条件。

"在走出冥界大门，阳光照在脸上之前，你都不能回头，你能做到吗？"珀耳塞福涅冷冰冰地盯着俄耳甫斯。俄耳甫斯承诺道："我保证。"

俄耳甫斯坚信妻子紧跟在他的身后。他返回渡船，准备过河。当他转身坐下的时候也小心翼翼地不往后看。最终，他抵达对岸，开始走上通往人间的长长阶梯。

俄耳甫斯走得很慢，双脚重重地踩在地上，这样妻子就能跟着他的脚印走。一束光从顶端的大门照了进来，那儿有一群排着队等候渡船前往冥界的灵魂。俄耳甫斯紧盯着脚下的路，继续前行。

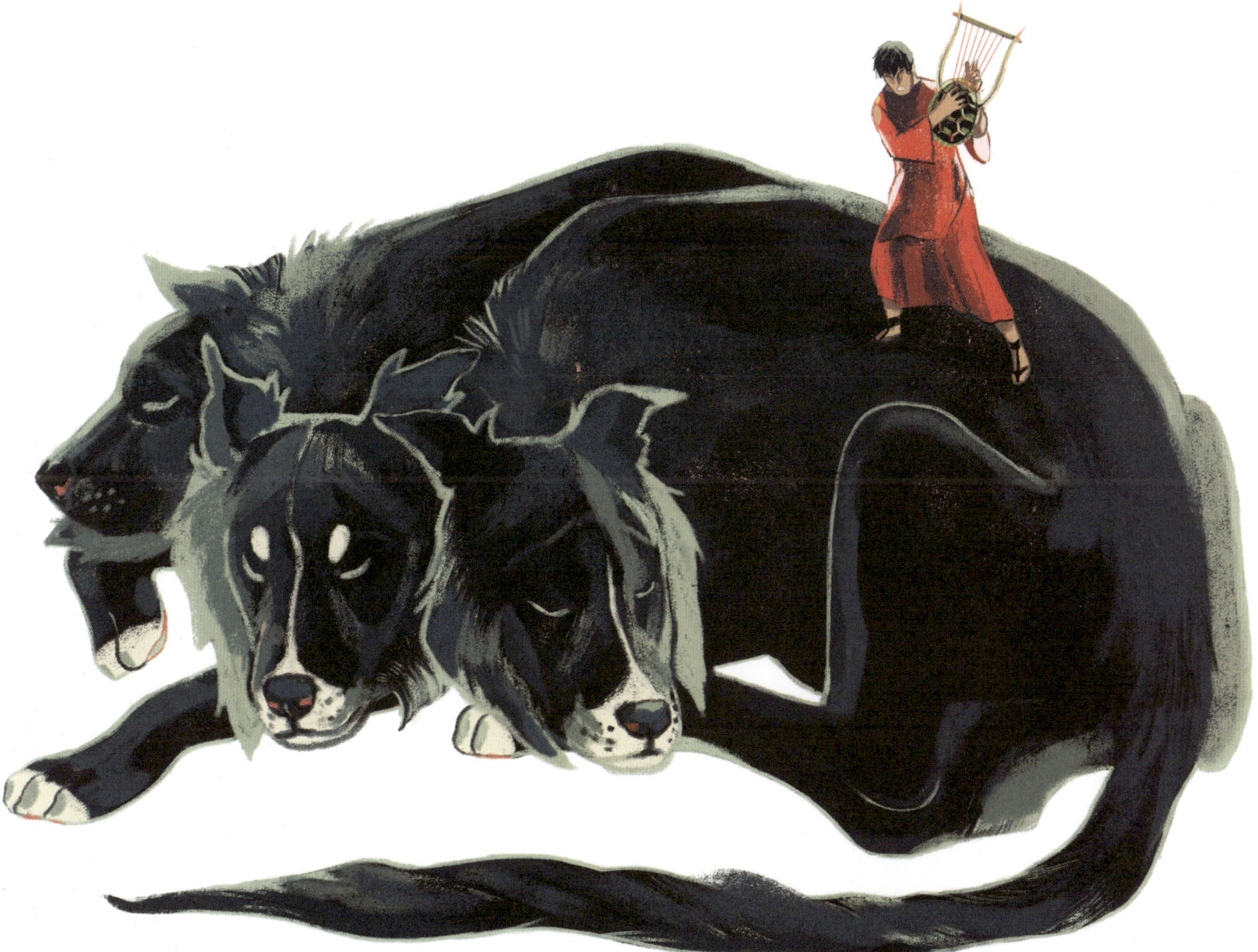

潮湿的石阶逐渐退去，黑暗开始消散，人类的世界仅有几步之遥，但俄耳甫斯却慌了起来。身后欧律狄刻原本跟着自己的脚步声消失了。

他想起珀耳塞福涅的话："不能回头。"这几个字在他脑海中反复盘旋，慢慢地变成了一首曲调。俄耳甫斯往前走了一步，调子继续盘旋着，很快他就将那几个字抛诸脑后。慢慢地，他回过头，急切地寻找欧律狄刻的身影。有那么一瞬间，他看见了她，她也抬头看了看他。

俄耳甫斯伸出手，想要拥抱自己的妻子，但是她瞬间消失了，他抱住的只有空气。俄耳甫斯没能遵守自己的承诺。

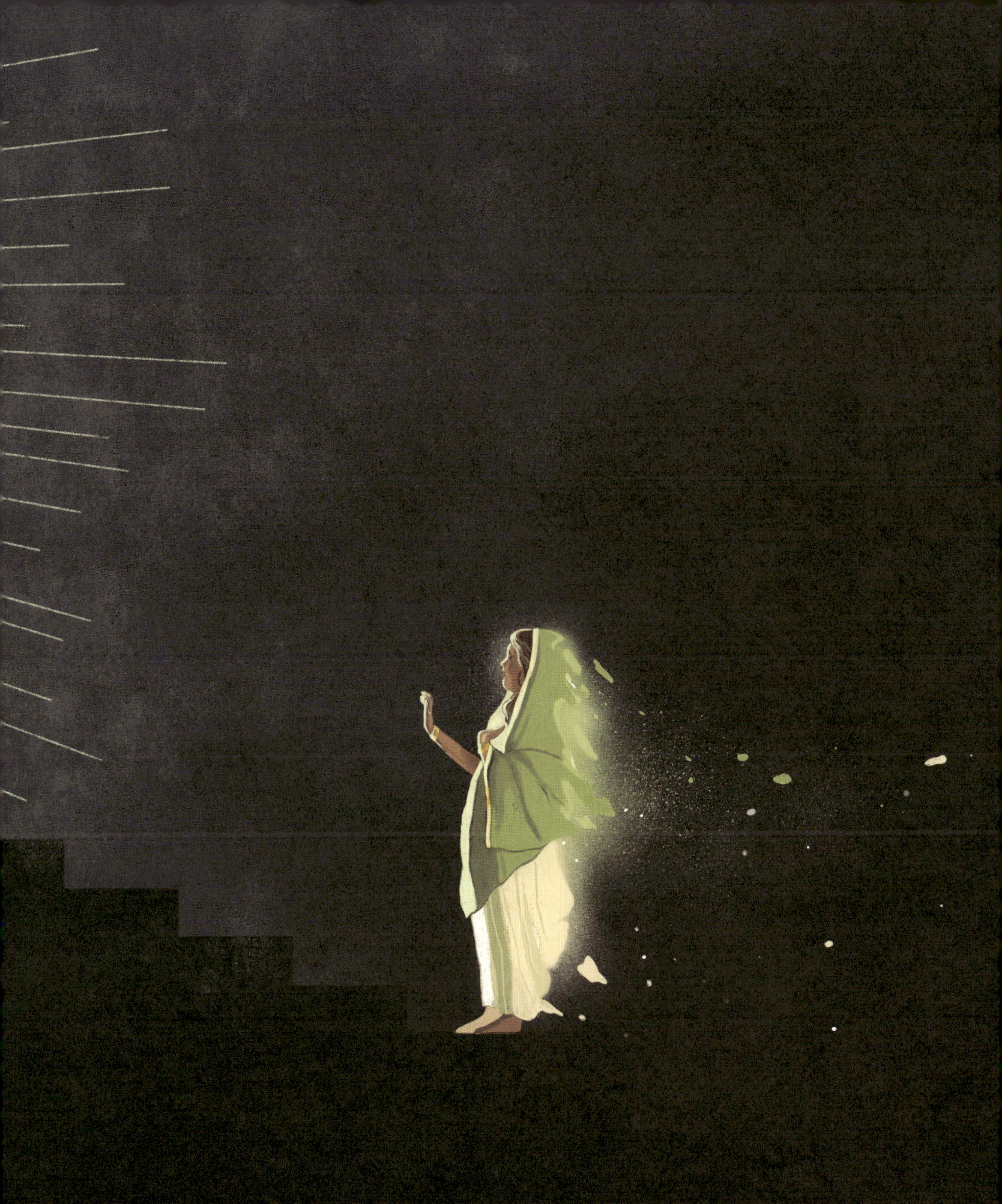

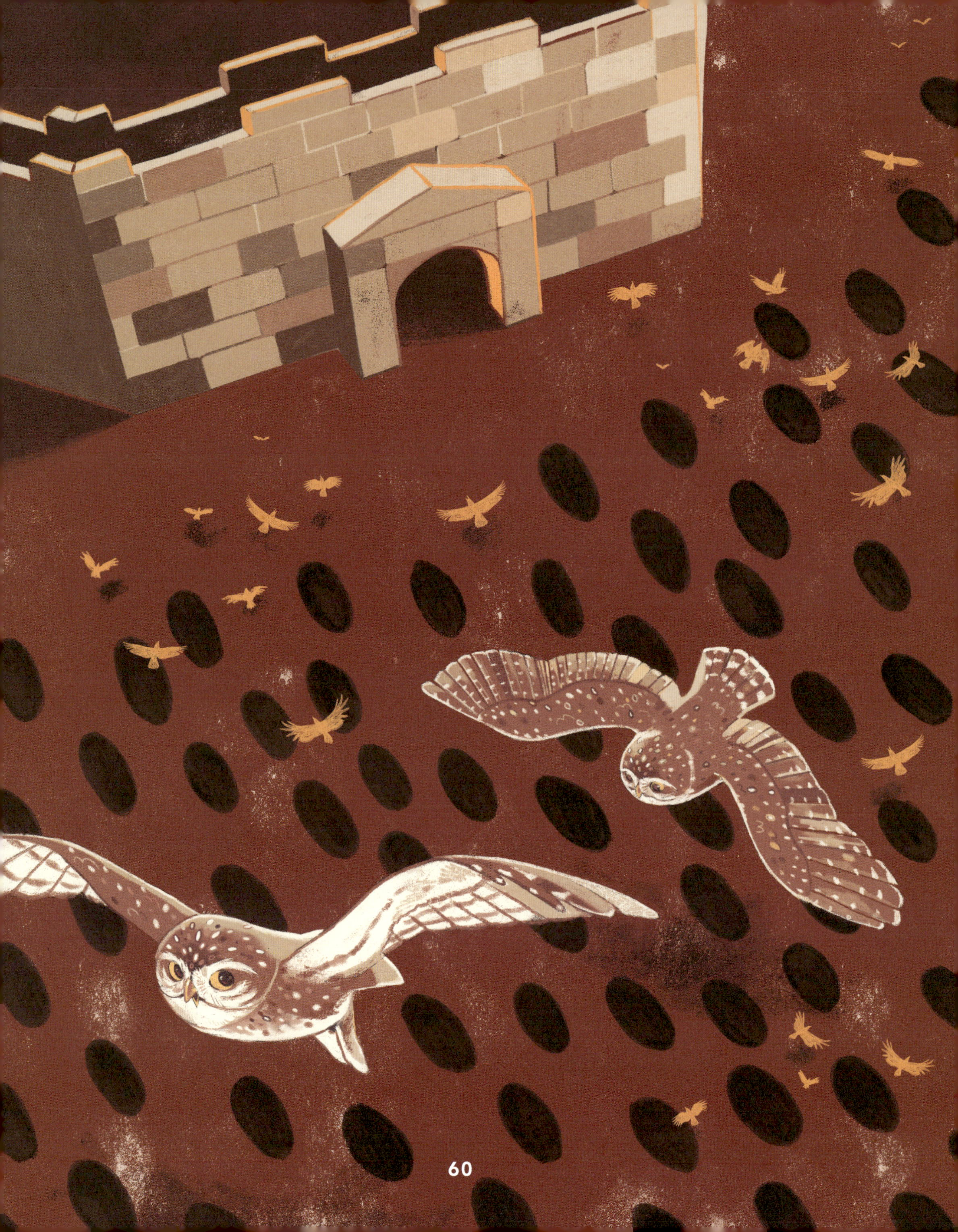

忒拜城

小猫头鹰问:"他们俩后来见面了吗?""见到了,只不过不是在活着的时候。"猫头鹰爷爷答道,"俄耳甫斯从未放弃寻找欧律狄刻。他一次又一次回到冥界,最后甚至向神祈求让自己永远留在冥界,那样他就能见到自己的妻子了。神满足了他的愿望,两人最后终于团聚,在极乐世界欢笑着,歌唱着,直到永远。"

"你已经见到了猫头鹰的起源地,"猫头鹰爷爷继续说道,"是时候回家了。"猫头鹰爷爷和小猫头鹰向东南方向飞去,看到地面呈现出一种奇怪的深红色。他们向下飞去,想要一探究竟,才发现原来是一片泥地,上面布满了大窟窿,成百上千个大洞,每一个都足以埋下一个人。

乌鸦在泥地上空盘旋,从窟窿里啄食。先是一只,接着两只,越来越多,铺天盖地,令人害怕。小猫头鹰紧紧地跟着爷爷,努力躲开乌鸦。她能听到乌鸦们一边啄食骨头,一边还在七嘴八舌地对她和爷爷评头论足。

前方是七扇石门，小猫头鹰害怕了，这儿和雅典全然不同，看上去一点家的样子都没有。

"地上怎么有那么多洞呢？"她问道，"还有那么多骨头？""远在猫头鹰来这儿以前，"猫头鹰爷爷答道，"忒拜城不过是一股冷泉，边上只开着一朵黄色的花。忒拜城第一位国王叫卡德摩斯，他偶然发现了这里。他年轻的时候，德尔斐神庙的神谕让他追随一头背上有着奇怪月牙形图案的母牛。母牛停下的地方，就是他将统治的地方。

"卡德摩斯非常想要当上国王，因此连着数日紧紧地跟着母牛的脚印。母牛带着他一直向东，最终抵达一块土地。那里绿草如茵，冷泉清澈，一朵黄花绽放着。

"卡德摩斯靠近泉水,这时听到一个声音,仿佛乌鸦的叫声,只不过洪亮百倍,令人生畏。周围的草丛开始晃动,突然泉水中爬出一条巨龙,径直朝卡德摩斯冲了过来。千钧一发之际,他拔出剑,一击即中,杀了巨龙。"

小猫头鹰想知道接下来的故事,兴奋地问:"雅典娜就是在这时候现身的?""是的,"猫头鹰爷爷回答道,"她让卡德摩斯拔下巨龙的牙齿,然后将它们一颗一颗像种子一样埋在地里。卡德摩斯照做了。当他正要转身离开,身后一大块地翻了起来,从他播种牙齿的地方,一个个全副武装的武士破土而出。卡德摩斯惊呆了,担心这些冒出来的武士会攻击自己。于是,他搬起能够找到的最大块的石头,砸向这群武士。武士们不知道是谁扔的石头,互相指责起来。他们纷纷拿起武器,相互攻击。一番搏斗后,只有五人活了下来。他们成为第一批忒拜人。"

"他们竟然攻击了自己的兄弟?"小猫头鹰非常震惊。"在忒拜,要想成为一家人可不容易。"爷爷的话让小猫头鹰有了一种不祥的预感,"忒拜是一座黑暗阴森的城市。在这儿,黑白难辨,人心难测。"

俄狄浦斯和伊俄卡斯忒

继卡德摩斯以及由巨龙牙齿而生的先祖之后，有一位名叫拉伊俄斯的国王和一位名叫伊俄卡斯忒的王后。他们的儿子俄狄浦斯出生之时，他们从德尔斐神庙那儿得到了一个可怕的神谕。透露天机的是一位女先知。这位女先知具有阿波罗所赋予的预知未来的能力，而她给国王夫妇的神谕兴许是她说过的最可怕的预言。为了避免预言成真，国王和王后不得不狠下心和儿子分离。拉伊俄斯眼中饱含着歉疚的泪水，刺穿了儿子的脚踝，这样他就无法爬走。拉伊俄斯还命令一个牧羊人将儿子俄狄浦斯带到山的边缘，任其自生自灭。但是牧羊人心软了，当他看到俄狄浦斯这个可怜的婴儿时，想起了自己的儿子。他没有执行国王的命令，而是将婴儿给了另一位牧羊人，这位牧羊人后来又将俄狄浦斯交给了科林斯国王——波吕玻斯。波吕玻斯和妻子墨洛珀没有办法孕育自己的孩子。他们将俄狄浦斯视如己出，给予他无尽的疼爱，让他的生活充满欢笑，让他成为最幸福的孩子。

数年后，俄狄浦斯遇到一个神秘人，神秘人声称自己知道有关俄狄浦斯身世的秘密。他告诉俄狄浦斯，波吕玻斯并不是他真正的父亲。俄狄浦斯不相信，直接前往德尔斐神庙寻找真相。神谕将约二十年前告诉拉伊俄斯国王和伊俄卡斯忒王后的预言重复了一遍，得知预言的俄狄浦斯惊恐不已，生怕自己会祸及波吕玻斯和墨洛珀，于是离家出走，再没有回去。

后来，俄狄浦斯来到一个三条路交会的岔路口。他小心翼翼地向前，他知道很多旅人曾在这些岔路口消失。俄狄浦斯用眼角余光一瞥，发现一群人朝他冲来。他们移动的速度飞快，阳光下似乎有剑影。他以为这些人想攻击他，于是拔出剑，与他们搏斗，但有一个人逃脱了。那人逃跑的速度飞快，俄狄浦斯怎么也追不上。

俄狄浦斯继续向前走，庆幸自己逃过一劫。最后，他来到忒拜城。在城门口，一只斯芬克斯拦住了他，那是一只有着女人头、狮身和遮天蔽日的翅膀的巨大怪物。斯芬克斯从城门上方俯视着他，用古怪的声音和他说道："任何人想要进入忒拜城必须先回答我的谜语。"俄狄浦斯注意到斯芬克

斯爪子之间散落着解谜失败的人被吃剩的骨头。他紧张得胃里一阵抽搐。"开始吧。"俄狄浦斯说完便认真地听着谜语。"什么动物早晨用四条腿走路,中午用两条腿走路,晚上用三条腿走路?"斯芬克斯出完谜语后得意地大笑着。显然,这是一个之前很多人都未能猜对的谜语。俄狄浦斯一时答不上来。他绞尽脑汁,苦思冥想。突然,他想起了自己无比敬爱的父亲波吕玻斯,想起自己为了不祸及他而离家出走。父亲逐渐老去,只能拄着拐杖行走,那拐杖远远看去就像第三条腿!俄狄浦斯磕磕巴巴地说道:"呃——人,人,我的答案是,人类。因为婴儿手脚爬行,成年人双腿行走,老年人拄着犹如第三条腿的拐杖前行。"斯芬克斯听到谜底,难以置信——俄狄浦斯猜对了!它惊讶得哑口无言,从城门上栽了下去,一命呜呼,淹没在尘土中。

俄狄浦斯继续前行,进入忒拜城,发现全城的人都在为逝去的国王拉伊俄斯哀悼。忒拜人告诉他,一伙强盗入侵,国王惨遭不幸。当他们得知俄狄浦斯解开了斯芬克斯之谜,便立即拥戴他为新国王。于是,他搬入皇宫,娶了王后伊俄卡斯忒为妻。俄狄浦斯和伊俄卡斯忒情投意合,他们几乎都不相信自己过去居然都没见过对方。后来,他们有了两个儿子——波吕尼刻斯和厄忒俄克勒斯,以及两个女儿——安提戈涅和伊斯墨涅。

许多年以后,忒拜城爆发严重的瘟疫,忒拜人尝试了一切办法——向神祈祷、焚香,献上祭品,所有的努力都毫无作用。因为瘟疫,每一位忒拜人或失去一位邻居,或失去一位父亲或母亲,或失去一位兄弟、一位姐妹、一个孩子。俄狄浦斯国王站在悲痛的人民面前,承诺找到解决这场瘟疫的办法。忒拜人相信他,毕竟他完成了几乎不可能完成的事情,解出

了斯芬克斯之谜。俄狄浦斯再一次前往德尔斐神庙寻找答案。神谕告诉他，迫害拉伊俄斯的凶手就在忒拜城，并告诉他结束瘟疫的唯一办法就是将迫害拉伊俄斯的凶手流放。俄狄浦斯相信神谕并承诺照做。回到忒拜后，他当众发誓一定会找到杀害拉伊俄斯国王的凶手并将其流放。在他头顶盘旋的乌鸦都笑了起来，它们知道俄狄浦斯要找的凶手不是别人，正是他自己。

俄狄浦斯找人请来忒瑞西阿斯。自卡德摩斯的时代开始，他便是为历代国王进言献策的先知。忒瑞西阿斯虽然双目失明，但因为众神赋予其预言的能力，使其能预见大多数人无法预见的事物。当俄狄浦斯问忒瑞西阿是谁杀了拉伊俄斯，老人只是摇摇头，说道："一个国王不该问一

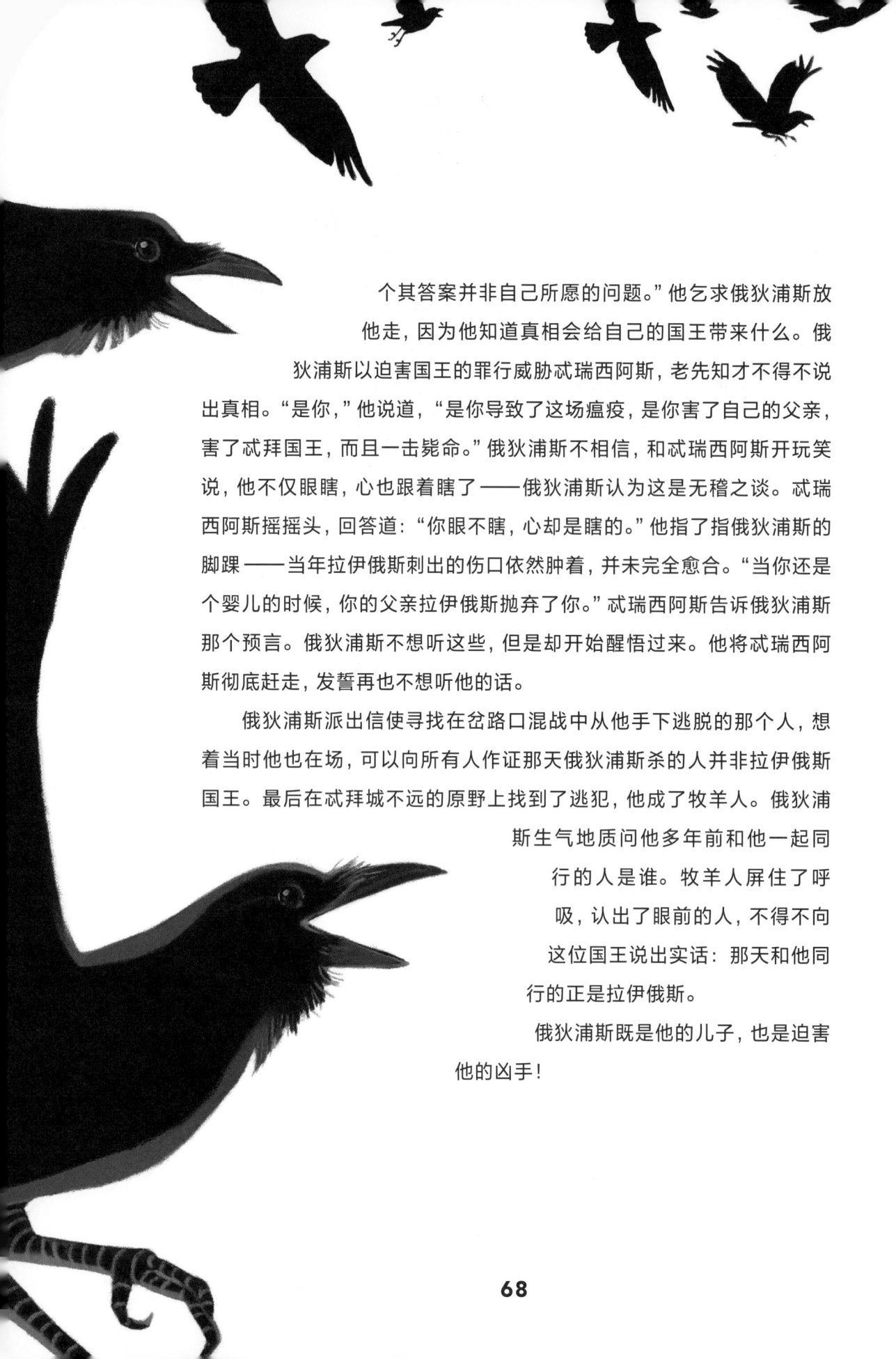

个其答案并非自己所愿的问题。"他乞求俄狄浦斯放他走,因为他知道真相会给自己的国王带来什么。俄狄浦斯以迫害国王的罪行威胁忒瑞西阿斯,老先知才不得不说出真相。"是你,"他说道,"是你导致了这场瘟疫,是你害了自己的父亲,害了忒拜国王,而且一击毙命。"俄狄浦斯不相信,和忒瑞西阿斯开玩笑说,他不仅眼瞎,心也跟着瞎了——俄狄浦斯认为这是无稽之谈。忒瑞西阿斯摇摇头,回答道:"你眼不瞎,心却是瞎的。"他指了指俄狄浦斯的脚踝——当年拉伊俄斯刺出的伤口依然肿着,并未完全愈合。"当你还是个婴儿的时候,你的父亲拉伊俄斯抛弃了你。"忒瑞西阿斯告诉俄狄浦斯那个预言。俄狄浦斯不想听这些,但是却开始醒悟过来。他将忒瑞西阿斯彻底赶走,发誓再也不想听他的话。

俄狄浦斯派出信使寻找在岔路口混战中从他手下逃脱的那个人,想着当时他也在场,可以向所有人作证那天俄狄浦斯杀的人并非拉伊俄斯国王。最后在忒拜城不远的原野上找到了逃犯,他成了牧羊人。俄狄浦斯生气地质问他多年前和他一起同行的人是谁。牧羊人屏住了呼吸,认出了眼前的人,不得不向这位国王说出实话:那天和他同行的正是拉伊俄斯。

俄狄浦斯既是他的儿子,也是迫害他的凶手!

俄狄浦斯惊惧过度，冲回家找伊俄卡斯忒，但是当他打开卧室门，发现她已经去世了。他来迟了。俄狄浦斯一下子全看清了，他无法直视自己，无法面对真相，于是将伊俄卡斯忒裙子上的一对金色胸针取下，扎进了自己的眼睛里。接着他逃离了忒拜城，离开了皇宫，离开了家人，只有女儿安提戈涅跟着他。

安提戈涅

俄狄浦斯家族的噩运并没有结束,离开自己统治的城市后,他的两个儿子波吕尼刻斯和厄忒俄克勒斯成为统治忒拜城的接班人,但是他们无法决定由谁来担任国王。最后,两兄弟决定共享王权:厄忒俄克勒斯统治一年;当候鸟向南迁徙过冬的时候,波吕尼刻斯接手,统治一年。

这样的安排一开始进展顺利，但是当夜晚越来越寒冷，候鸟开始离巢寻找更温暖的地方过冬的时候，厄忒俄克勒斯却不愿意离开王座了。兄弟不信守承诺，让波吕尼刻斯火冒三丈。他前往雅典和阿耳戈斯城寻找推翻厄忒俄克勒斯统治的帮手。他和忒修斯国王以及阿德剌斯托斯国王组成联盟，但是阿耳戈斯城的阿德剌斯托斯国王的王位也是共享的——不是和自己的兄弟，而是和一位能够预知未来的先知安菲阿拉俄斯。波吕尼刻斯邀请安菲阿拉俄斯加入从厄忒俄克勒斯手中夺回忒拜城的战斗时，先知立即拒绝了，因为他知道这场战争将以失败告终。"作为先知的麻烦，"他说道，"就是连何时离世都能预料。"

但是波吕尼刻斯知道安菲阿拉俄斯有一个弱点，那就是太爱自己的妻子厄里费勒，对她百依百顺。波吕尼刻斯想方设法赢得了厄里费勒的支持，安菲阿拉俄斯答应参战。很快，波吕尼刻斯带着自己的军队和忒修斯国王、阿德剌斯托斯国王以及先知（他一路上不停地说着即将降临到他们身上的噩运）的军队踏上了前往忒拜城的征途。两军连续厮杀了好几个星期。终于，厄忒俄克勒斯和波吕尼刻斯在战场上相见了。两兄弟互相攻击、搏斗，最终两败俱伤。两兄弟去世后，他们的叔叔克瑞翁成为忒拜新一任国王。克瑞翁曾和厄忒俄克勒斯一同战斗，他称波吕尼刻斯为城邦的叛徒。身为叛徒，死后不得安葬。克瑞翁通过一项法律：任何将波吕尼刻斯下葬的人将被判刑。忒拜人不敢违抗，除了安提戈涅。她不忍心看着自己的亲兄弟死后不得安葬，变成孤魂野鬼，永不超生。于是，她无视克瑞翁的法律，将兄弟下葬。当她把最后一捧土撒在兄弟墓冢上的时候，克瑞翁的士兵出现了。她并没有否认自己的罪行，事实上，她很高兴自己能够挑战国王的权威，因为她坚信自己做了正确的事。克瑞翁言出必行，将安提戈涅关入地牢，让她自生自灭。

许多人劝克瑞翁改变主意——包括他自己的儿子海蒙。海蒙深爱着安提戈涅，他告诉父亲如果没有安提戈涅自己也无法活下去，但是克瑞翁毫不在意。最后，对忒拜国王总是直言相谏的先知忒瑞西阿斯告诉克瑞翁，他这样做不仅不公，而且残忍。于是，国王派兵前往地牢打算释放安提戈涅。但是，安提戈涅被关了数日，滴水未沾，粒米未进，奄奄一息，最终逝去。爱人逝去的消息让海蒙痛不欲生，他决定随她而去。当天晚上，海蒙的母亲也因痛失爱子，悲伤而亡。一夜之间，克瑞翁的侄女、妻子和儿子全部离开了人世。

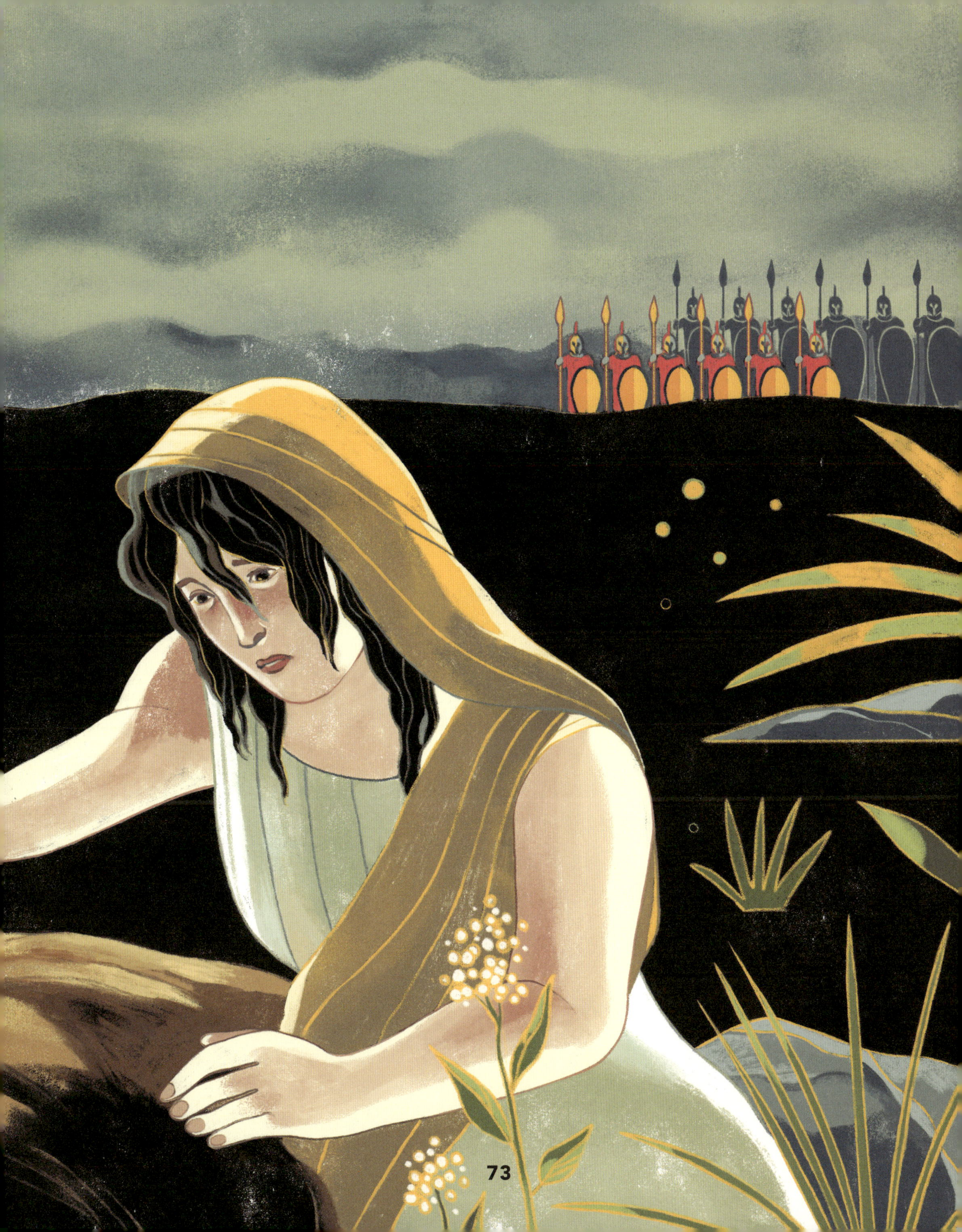

厄科和那耳喀索斯

先知忒瑞西阿斯除了向国王进言，也为其他人占卜。那耳喀索斯的母亲记得自己儿子出生时忒瑞西阿斯的预言："你的儿子只要不看见自己的样子就能长命百岁。"唯恐先知预言成真，她下令将家里的镜子以及任何表面反光的物件都清理掉，这样那耳喀索斯就永远都不会看见自己长什么样子。

但是没过多久，她的儿子就对自己的长相产生了好奇。所有人都情不自禁地看着他，森林里所有来过忒拜城的仙女都喜欢那耳喀索斯。他还是个孩子的时候，人们就会停下脚步，只为了多看他一眼。有一位名叫厄科的仙女，她总是滔滔不绝，情不自禁地说出自己的想法。然而看到那耳喀索斯的厄科竟哑口无言，认识她的人无法想象她也有一言不发的时候。

这还得归咎于赫拉。每一次当赫拉靠近仙女们居住的树林，厄科都来问候她，并开始没完没了地说着遥远地方马会说话的故事，或是介绍自己发现的某种能够疗伤的植物。厄科说的这些如此有趣，以至于赫拉每次都听得忘了时间，错过了很多重要的事。赫拉诅咒厄科再也无法说出心中的话，只能重复别人

的话。"你的喋喋不休可把我害惨了,"赫拉厉声说道,"从现在开始,你再也不能说出自己心中所想的话,只能将你听到的话不断重复。"厄科凄惨地用她能说出的话回复赫拉:"不断重复。"

就这样,厄科看到那耳喀索斯的时候,无法喊住他,只好跟着他,看着他在森林中穿行的矫健身姿。每次那耳喀索斯转身朝厄科微笑,厄科也露出笑容,但是当那耳喀索斯停下来等着厄科喊他的时候,厄科却沉默不语。那耳喀索斯跑了起来,厄科差一点就追不上了。这时,那耳喀索斯开口了:"是谁在跟踪我?"厄科回答:"我,我,我。"

"我就在这儿,"那耳喀索斯朝那神秘的声音喊道,"你过来吧。"仙女的声音再一次响起:"你过来吧,你过来吧,你过来吧。"

"好吧,我们彼此相向而行,见个面吧,"那耳喀索斯说道,"过来吧。"厄科回应道,"过来吧。"当她看见那耳喀索斯转身面对她的时候,便张开双臂想要拥抱他——但是那耳喀索斯非常骄傲,他断然拒绝了,他说:"我不愿你抱我。"

厄科的声音逐渐远去，变成了含泪的哽咽："抱我，抱我，抱我。"

伤心欲绝的厄科转身逃离，她的脚步声消失在山顶的石崖之上。她爬进一棵老树的树洞，坐在那儿，为那耳喀索斯的话语而黯然神伤。连续数月，她脑海中一直想着这件事。她一直待在树洞中，逐渐消瘦下去，最后身体变成了石头，从树根处沉入地下。而她的声音飘散到悬崖顶部，以回声的形式存在于世。那耳喀索斯依然被其他仙女追随，然而他一个个地拒绝了她们。仙女们祈祷："愿他喜欢上一个拒绝他的人，让他感受到我们的痛苦。"

惩罚女神涅墨西斯回应了她们。一天，那耳喀索斯来到一方池塘，这儿的水比他以往见到的更加干净，更加清澈。他在池塘边俯身想要喝水，但是当他低下头看着水面时瞥见了自己的倒影。从此，那耳喀索斯再也没有离开池塘边，他深深地爱上了自己的倒影，与之难舍难分。一天又一天，他就那样坐着，一动不动，盯着水中自己的倒影，不吃也不睡。当他朝水面的倒影伸出手，水面泛起波纹，倒影消失了。最终，他日渐消瘦，直至消失，他生前所在的地方开出了一朵水仙花，花朵前倾，永远注视着自己在水中的倒影。

彭透斯和狄俄倪索斯

老国王卡德摩斯统治忒拜城的时候，城中禁止崇拜酒神狄俄倪索斯。卡德摩斯担心百姓过度崇拜酒神、痴迷于戏剧和宴会而引发混乱。

卡德摩斯老了之后，无法继续统治忒拜城，于是将王位传给自己的孙子彭透斯。一天，一个祭司打扮的人来到忒拜城和彭透斯辩论。他告诉新国王，不管怎样都不应该禁止崇拜狄俄倪索斯。他还威胁彭透斯，如果禁止忒拜城举行狄俄倪索斯的盛宴，他将受到酒神的惩罚，但是彭透斯不以为然。

将祭司打发走之后，彭透斯发现城里开始发生奇怪的事情。他听到从喀泰戎山山顶传来狼的号叫声，声音中还伴随着歌声和鼓声。每次去拜访朋友的时候，朋友的妻子和女儿都不在家里。当他询问朋友家里的女人都去哪里了，朋友们总是闪烁其词——有的说"去市场了吧"，还有的说"在卧室编织吧"，看起来很神秘的样子。彭透斯怀疑是那位祭司在搞鬼，于是将他关进牢房，特意命人将锁门的链条绑得比平常更紧，防止那人逃脱。

但是山上的狼号声和歌声并没有停止。第二天，彭透斯的仆人报告说："祭司牢房的锁不知道为何自动打开了，锁链像一条蛇一样滑到了地上。"正如多年后的俄狄浦斯一样，彭透斯找到忒瑞西阿斯寻求解释，而他得到的答案只有一句话："你的血将洒满山巅，你母亲的双手将沾满你的鲜血。"彭透斯嗤之以鼻，将先知打发走。彭透斯和母亲的关系比大多数年轻人和他们母亲的关系都要更好，他绝不相信母亲会伤害自己。从他出生的那一刻起，母亲就无条件地爱着自己，自己可以将任何事毫无保留地告诉她。只是他从未问过母亲为何给自己取名为彭透斯，因为这个名字意为"悲伤的人"。毕竟，到目前为止，他都过着无忧无虑的生活。

　　和忒拜城里的其他女人一样，彭透斯的母亲最近几天也失踪了。这让他很困扰，他质问那位神秘的祭司："自从你来到忒拜城，喀泰戎山山顶就传出奇怪的声音，城里的女人也从自己家里消失了，你到底来这儿干什么？"祭司耸耸肩，转身不理他。彭透斯换了一个问法："自从你来这儿之后，失踪的忒拜女人去哪里了？"祭司没有转身，只是安静地问道："你是不是想知道你的母亲在哪里？"彭透斯点点头。祭司告诉他，女人们正在喀泰戎山山顶上，喝着酒，唱着歌，崇拜着酒神狄俄倪索斯。祭司主动提出带彭透斯去看一看。彭透斯答应了，心里盘算着将那些胆敢违反自己规定去崇拜狄俄倪索斯的人关进监狱，这是她们应得的下场。

彭透斯跟随祭司来到山顶，他爬上一棵树，躲在那儿观察。很快，他看到女人们朝他走来，敲着鼓，跟随鼓点摇晃身体，接着开始唱歌，然后像一群狼一样号叫起来。他发现了自己的母亲阿高厄走在队伍最前面，好像正径直朝他走来。突然，很多双手伸了过来，将他从树上拽了下来，并将他的长袍扯了下来。随后，他的四肢被抓住，而他的头则被母亲用双手扣住。他大声喊叫，让她们停下。女人们看到的并不是彭透斯国王，而是一头狮子，一头无助吼叫的狮子。她们仿佛被一位冷酷的神控制着，身不由己。祭司旁观着，不为所动。女人们发出一声号叫，叫声比彭透斯听过的任何声音都更大，彭透斯随即断气了。

阿高厄将彭透斯带下山。她幻想着自己的父亲卡德摩斯会因为她徒手捕获并杀掉一头巨大的狮子而惊叹不已。

阿高厄推开父亲宫殿的大门，她逐渐从狄俄倪索斯的诅咒中清醒过来。

她瞥了一眼狮子的脑袋，那眉毛和鼻子的形状让她想起了自己的儿子彭透斯。当卡德摩斯看到她，便哭了起来。这次，她认出了，那是自己的儿子。她尖叫起来："这到底是什么？"

她意识到是自己害了自己的儿子。她大哭起来，但一切都太迟了。在她身后，祭司站在父亲宫殿的走廊里，脱下长长的斗篷，原来他是酒神狄俄倪索斯。酒神露出了笑容——他给忒拜王室上了宝贵的一课：没有敬畏之心，就要遭受惩罚。

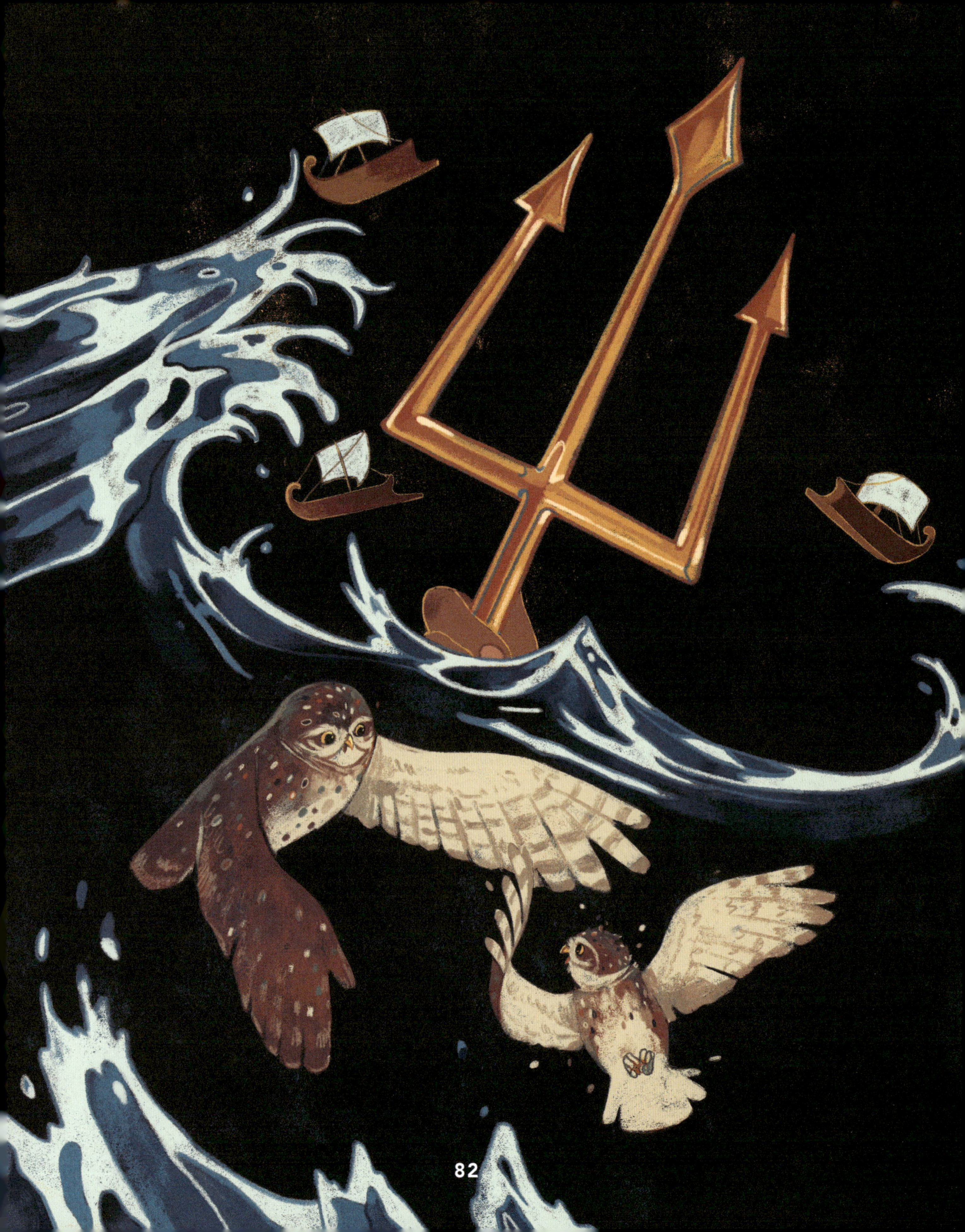

飞越大海

　　猫头鹰爷爷向小猫头鹰讲述了忒拜城那些悲伤的故事后,开始担心自己带孙女离开家太久了,他们准备返回雅典城。刚要起飞,突然一阵强风袭来,两只猫头鹰犹如风中叶片,先是被掀入高空,接着差点被拍到地上。猫头鹰爷爷闭上眼睛,祈祷风之神不要把祖孙俩拆散。

　　两只猫头鹰被风裹挟着忽上忽下,风呼号着穿过他们的羽毛。小猫头鹰只能看见周围黑色的波浪,前后翻滚着,互相撞击。他们必须飞越大海(希腊人称之为"塔拉萨",这个词的发音就像惊涛拍岸的声音)。猫头鹰爷爷担心起来,想起那些出海未归的水手们。下方的海平面上出现了三根锋利的尖刺,猫头鹰爷爷认出那是波塞冬的三叉戟。海神波塞冬统治着大海,让海水潮起潮落,将水手和他们的船只从东边抛到西边。

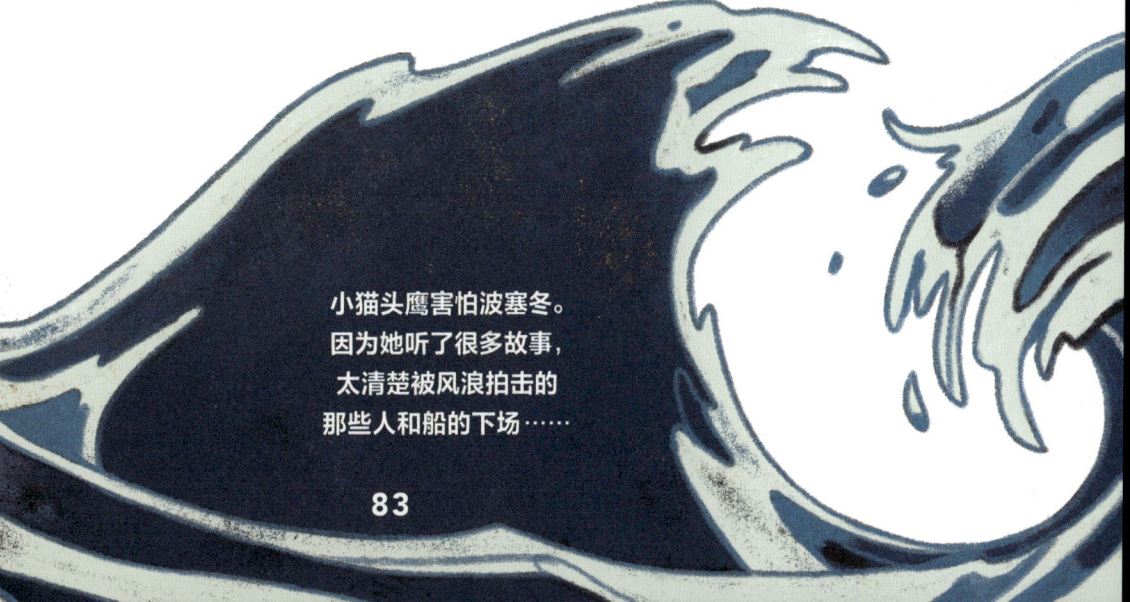

小猫头鹰害怕波塞冬。因为她听了很多故事,太清楚被风浪拍击的那些人和船的下场……

特洛伊木马

和忒拜城隔海相望的是特洛伊城。多年前，还是拉俄墨冬国王统治期，波塞冬在特洛伊周围建起城墙。城墙建成后，拉俄墨冬觉得自己的城市安全了，于是不愿再敬奉海神波塞冬。感觉到强大和安全的拉俄墨冬逐渐骄傲起来，忘记了这一切都是诸神赋予的。他否认波塞冬为他建造城墙的恩赐，用自己所能想到的坏话骂他。拉俄墨冬将为此付出代价。

当时，特洛伊和希腊正在打仗，战争持续了十年。希腊人想攻入特洛伊城，但是都没有成功。每天早上，他们拼命战斗，朝城门靠近两步；每天下午，他们又继续拼命战斗，之后以退两步结束。一天，奥德修斯，一位最聪明的希腊人想出了一个计策。他向希腊军的首领厄珀俄斯耳语，让他命令士兵前往森林伐木造板。白天，希腊军继续在特洛伊城门外战斗；到了晚上，他们便在夜色的掩护下偷偷溜出去，制造一件秘密武器。三天后，大功告成——一匹高大的木马站在了特洛伊城门外。选择制造成木马，是因为奥德修斯知道马对于特洛伊人来说有着特殊的意义。

85

奥德修斯明白如此巨大的一匹木马置于城门口，一定能让特洛伊人忘乎所以。木马的肚子里有一个舱室，里面藏着五十个希腊士兵，他们在等待着凌晨的到来。奥德修斯进入木马肚子之前，在木马侧身刻了一行字：

希腊人谨将此木马献于雅典娜，以求归途一路平安。

凌晨来临，特洛伊人穿上铠甲，重返城门准备继续战斗，却发现希腊军已经消失了，希腊船只和帐篷也都不见了，只剩下一匹高大的木马。他们不敢相信自己的运气居然这么好。看着木马上的刻字，他们以为希腊军已经撤退，只留下木马作为求和的礼物，因此特洛伊人将木马推进了城内。

与此同时，躲在木马内的希腊士兵内心一阵狂喜，但都屏住呼吸，听着外面特洛伊祭司拉奥孔的声音。他警告其他特洛伊人："小心希腊军！"他低沉而有力地说道，"哪怕他们送来礼物！"其他特洛伊人笑了起来，告诉拉奥孔希腊军已经放弃战斗了。只过了一会儿，两只巨蟒从海里冒了出来，一只用带鳞的身体缠住拉奥孔，另一只爬上海岸把他的两个儿子卷走了。特洛伊人将这看成拉奥孔惹怒诸神的标志，因而无视他的警告，除了一位名叫海伦的年轻女子。海伦相信拉奥孔，独自在全城寻找希腊军的影子。她费力地模仿不同希腊女孩的口音，假装她们是希腊士兵的妻子，因为被特洛伊士兵抓住而大声呼救。她以假乱真，差一点就唬住了马腹中的希腊士兵。

其中一位希腊士兵安提克力斯正准备张嘴回答，但奥德修斯连忙用手紧紧地捂住了他的嘴。特洛伊人志得意满，以为希腊军真的撤退了，于是将木马搬到寺庙中，准备庆祝胜利的宴会。然而，夜晚来临，希腊士兵打开舱室，一个接着一个从木马肚子里溜了出来。他们拿着武器，用寺庙的火种点燃了火把。特洛伊人还在睡梦中，希腊军全城扫荡，许多特洛伊人一夜之间失去了生命和财产。到第二天早晨，特洛伊城便沦陷了。

奥德修斯和独眼巨人

然而，此后的奥德修斯并非顺风顺水。在从特洛伊凯旋的途中，他惹怒了波塞冬。一场暴风雨将他们的船只逼离航道，吹到了离西西里岛海岸不远处的一座小岛上。他们泊好船，想要看看是谁住在岛上。他们从海岸线朝上走，竟发现了一个洞穴，里面放着美酒和新鲜羊奶。尽管非常惊讶，他们仍然走了进去。过了一会儿，一个巨大的影子映在洞穴里——像是有个巨人挡在了洞口！疲惫的他们不知道这座岛归属于独眼巨人，他们未经邀请闯入的正是独眼巨人波吕斐摩斯的家。

奥德修斯一伙未见其人先闻其臭，那是一股混着腐肉和羊奶的臭味。但是波吕斐摩斯似乎没有注意到他们的存在。他将羊群赶进洞，只用拇指轻轻一推，便让巨石重新回到洞口。他把自己和奥德修斯一伙关在洞里，洞内漆黑一片，伸手不见五指。

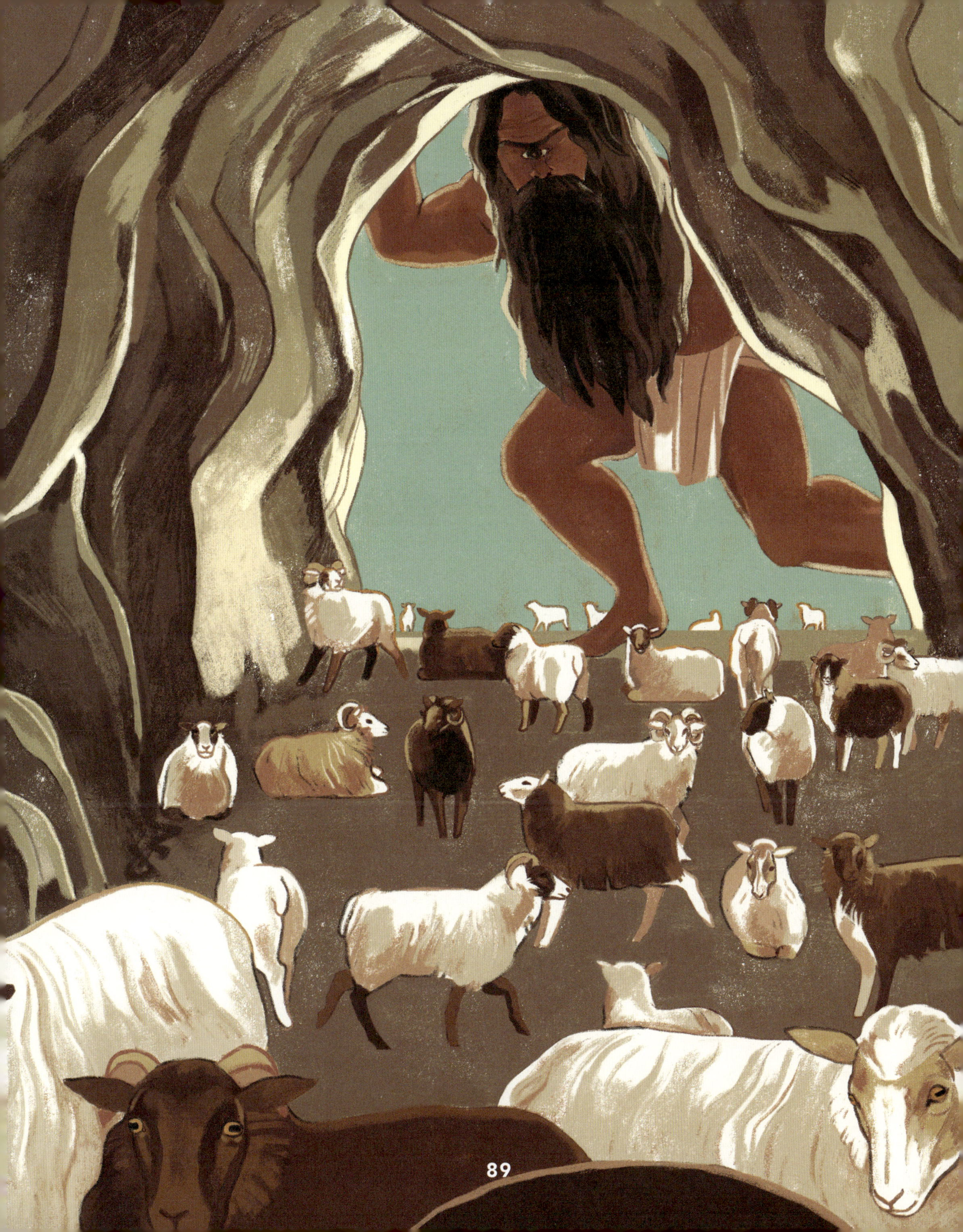

奥德修斯和伙伴们惊慌失措，却不敢出声。他们摸索着石墙，寻找另一个出口。就在那时，他们听到尖叫声，和明确无疑的骨头被嚼碎的声音——独眼巨人吃掉了奥德修斯的两个伙伴！奥德修斯想朝着怪物大喊，但是克制住了，直到独眼巨人睡着。

巨人打鼾的声音比大海涨潮时惊涛拍石的声音还要大。奥德修斯和伙伴们静静地坐着，周围是羊群。尽管巨人嘴里那犹如上千只死鱼的臭味在洞穴里扩散，他们也只能强忍。第二天早上，巨人醒了，他将巨石推开，两只手各抓了一个人当点心，然后将羊群唤出，离开了洞穴。奥德修斯大口地呼吸着涌进来的新鲜空气，酝酿出了一个计划——他可不想成为巨人的晚餐。

奥德修斯在洞底找到了一根粗壮的橄榄木木棍，将其一砍为二，然后和伙伴们将木棍的一端削尖，再把它藏在成堆的骨头、羊皮以及旧酒袋子下面。他们的计划很简单：晚上独眼巨人放羊回来的时候，他们就用这件武器刺瞎他。

他们坐着，等着。终于，波吕斐摩斯回来了。他将羊群唤回洞中，但并没有立即躺下睡觉。奥德修斯开始担心独眼巨人起疑心，大声叫道："嘿，独眼巨人，喝下这碗酒吧，我们特地从特洛伊给你带来的。"奥德修斯的声音颤抖着。独眼巨人好奇地在洞中仔细寻找，低头看见有个人端着一只碗。奥德修斯刚刚用飞快的速度将他和伙伴们从船上带过来的酒全倒在了这个容器里。"在这儿，独眼巨人。"奥德修斯继续喊着，将巨人引到洞内深处。波吕斐摩斯贪婪无比，一只手夺过酒，另一只手抓起奥德修斯的一个伙伴的双腿，像抓着一只鸡腿一样，将此人吞了下去。吃完后，他用吐出来的一根骨头剔牙，端起碗将酒一饮而尽。奥德修斯从来没看见过有人能一口气喝这么多酒。

"告诉我，"波吕斐摩斯的声音在山洞中回响，"你叫什么名字？告诉我这酒来自哪里，再给我倒点儿。"奥德修斯想了想回答道："我的名字叫'无人'，我的父亲和母亲都这么叫我，我的朋友们想要引起我的注意时也这么喊。"奥德修斯将最后一点酒倒在了碗里，独眼巨人再次一饮而尽。波吕斐摩斯说道："无人，你真是个好客人，让我送你一件礼物吧——我先将你的朋友一个一个吃掉，而你，无人，我最后再吃。"

说完这些，波吕斐摩斯就烂醉如泥，瘫倒在地，沉沉地睡去。奥德修斯赶紧命伙伴们搬起巨大的橄榄枝，将尖头那端放到火上烤热，令其燃烧起来。然后，他们动作整齐划一，抓起橄榄枝，扛到肩上，将尖头对准独眼巨人的眼睛猛地掷了过去。波吕斐摩斯尖叫着醒来，声音比奥德修斯平生所听过的声音都大。他冲出洞穴，向其他独眼巨人求救："伙伴们，救救我！无人攻击了我！"其他独眼巨人听到他的呼救却无法理解他的意思，一人问道："无人攻击了你？"另一人安慰他，说道："如果无人攻击了你，那么你就是安全的。"他们以为没什么好担心的，便没有走出自己的洞穴。

逃跑的机会来了。奥德修斯从独眼巨人的羊群中挑选了一些羊毛较多的羊，三只一组，用柳枝绑了起来。然后，他令伙伴们紧贴在三只羊中间那只的肚子上，这样他们就可以逃出洞穴了。

第三天清晨，太阳升起，羊群照常走向草场，带着奥德修斯和伙伴们从波吕斐摩斯身边走过。波吕斐摩斯四处摸索着寻找人类，但只能摸到羊群那柔软的后背。当羊带着奥德修斯一伙离洞穴足够远的时候，他们跑向自己的船只，爬了上去，以最快的速度划桨离开。奥德修斯不禁骂起那怪物来："嘿，波吕斐摩斯，竟敢吃掉前来向你求助的客人。等着吧，宙斯一定会惩罚你的！"然而，独眼巨人却不这么看，这些人根本不是客

人——他们闯入自己家,吃自己的食物,弄瞎了自己,还当着其他独眼巨人的面羞辱自己。但是奥德修斯残酷无情,他对自己能够弄瞎波吕斐摩斯感到很骄傲,继续说道:"独眼巨人,如果有人问是谁弄瞎了你,告诉他们,是奥德修斯,拉厄尔忒斯之子。他正从特洛伊凯旋,返回伟大的伊塔卡岛。"听到这个名字,波吕斐摩斯颤抖了一下,他对这个名字并不陌生。这个名字出现在多年前的一则预言中。"奥德修斯!我一直都知道会有一个叫奥德修斯的人弄瞎我,但是我原以为他会是一个高大强壮的人,而你,不过是一个无能的小人。你用美酒引诱我,让我入睡,然后弄瞎我。奥德修斯,尊贵的客人,让我送你最后一件礼物。波塞冬,我的父亲,统领大海的神,如果我真的是你儿子,请让奥德修斯永远也回不了伊塔卡岛。如果他侥幸能够回去,请让他迟归,让他面对一地废墟的家园。"说完这些,独眼巨人从山侧掰下一块巨石,把它扔到了海里,掀起巨浪。奥德修斯的船只剧烈摇晃,差一点就翻了。他和伙伴们只是暂时逃离了危险,但是他们弄瞎了波塞冬的儿子,波塞冬是不会放过他们的,归途注定坎坷。

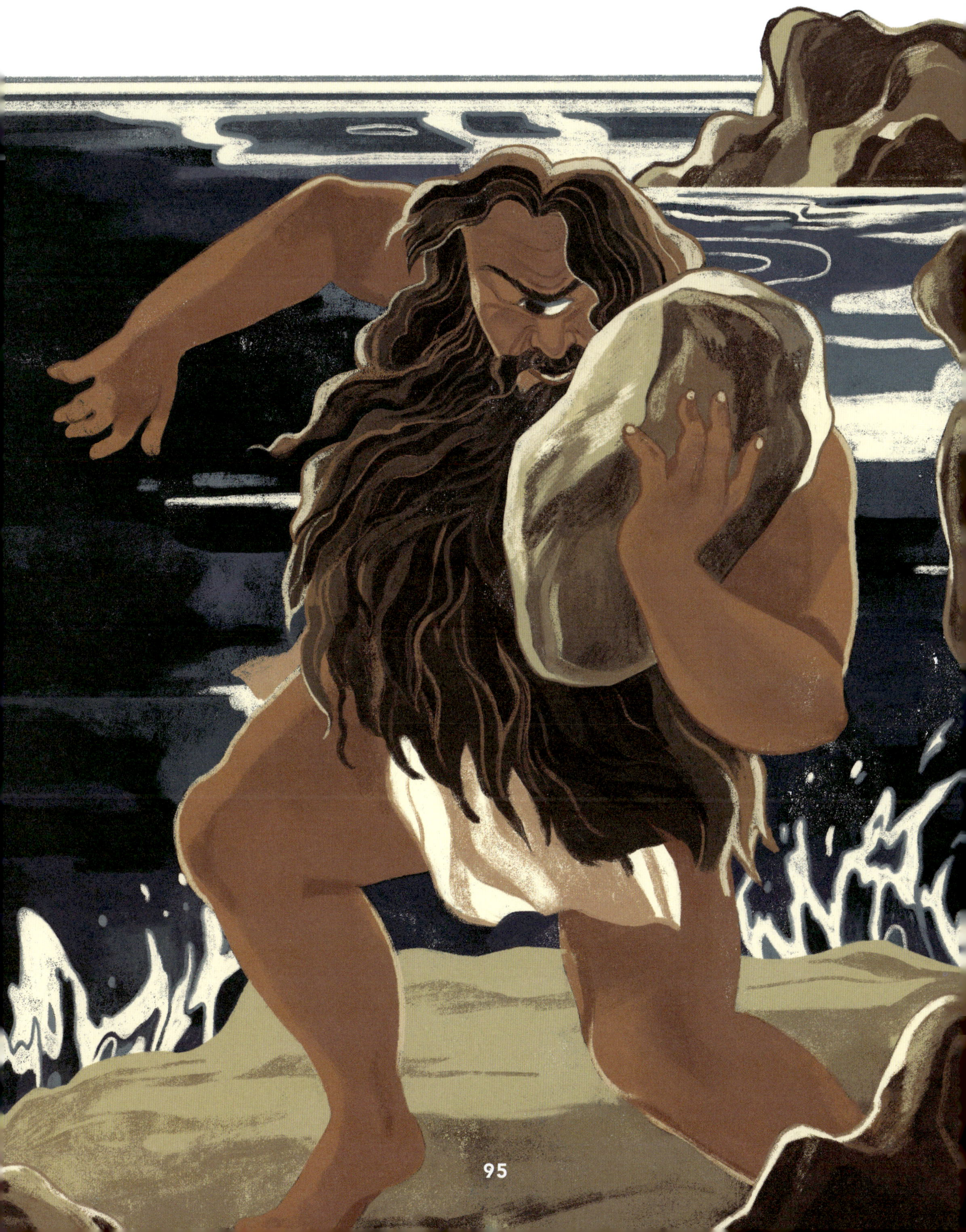

弥达斯国王

当他们将船划离小岛，奥德修斯的伙伴之一，得摩多科斯，给大家讲了一个故事。得摩多科斯很内向，寡言少语，人多的时候插不上话，可是他一旦开始讲故事，大家总是静下来听。得摩多科斯讲道，弥达斯国王从来就不是一个残暴的人，只是因为那个考虑不周的愿望改变了他的生活。

弥达斯统治着佛律癸亚。比起特洛伊，这座城市处在离雅典更东边的地方。一天，弥达斯正在自己的玫瑰花园散步，突然发现一位老人在玫瑰丛下酣睡，于是停下叫醒他，问他从哪里来。老人不记得了，只记得自己是酒神狄俄倪索斯的朋友。弥达斯国王将老人直接带到狄俄倪索斯跟前，再见老友的狄俄倪索斯非常高兴，答应弥达斯国王可以满足他的任何心愿。弥达斯还未仔细思考便将愿望脱口而出："请让我触碰到的东西都变成金子。"

狄俄倪索斯开心地答应了。弥达斯伸出手想要和这位大方的神握手以示感谢，但是狄俄倪索斯躲开了，消失得无影无踪。弥达斯迫不及待想要尝试自己的新法力，他来到外面的玫瑰园，触摸了所有的玫瑰花，它们一朵接着一朵全部变成了金子。他打开门想要回到宫殿里，但是随着他的动作，先是门把手，接着整扇门都变成了金子。

弥达斯乐不可支地施展着自己的法力，完全没有注意到腹内传来的饥饿感，欣喜若狂的他甚至错过了晚饭。他来到厨房，想要找些点心充饥，但是他碰到的所有食物都变成了金子，就连杯子里的水在碰到他嘴唇的那一刻也变成了金子。

三天过去了，弥达斯越来越饿。到第四天的时候，他唤出狄俄倪索斯，让他将自己的法力收回去。狄俄倪索斯告诉他只要到帕克托洛斯河里洗个澡，身上的法力就会被水冲走了。弥达斯动身前往，当他来到河边，便一头栽进了河中。他那点石成金的法力消失了，河岸上满是黄灿灿的金子。弥达斯国王重新变回了那个善良、感恩的国王，依然被众人爱戴，而他摸过的每一朵花、每一块面包、每一个物件依然是金子。

得摩多科斯讲完故事，看着奥德修斯和船上其他人。他希望他们听明白了这个思虑不周的弥达斯国王的故事。

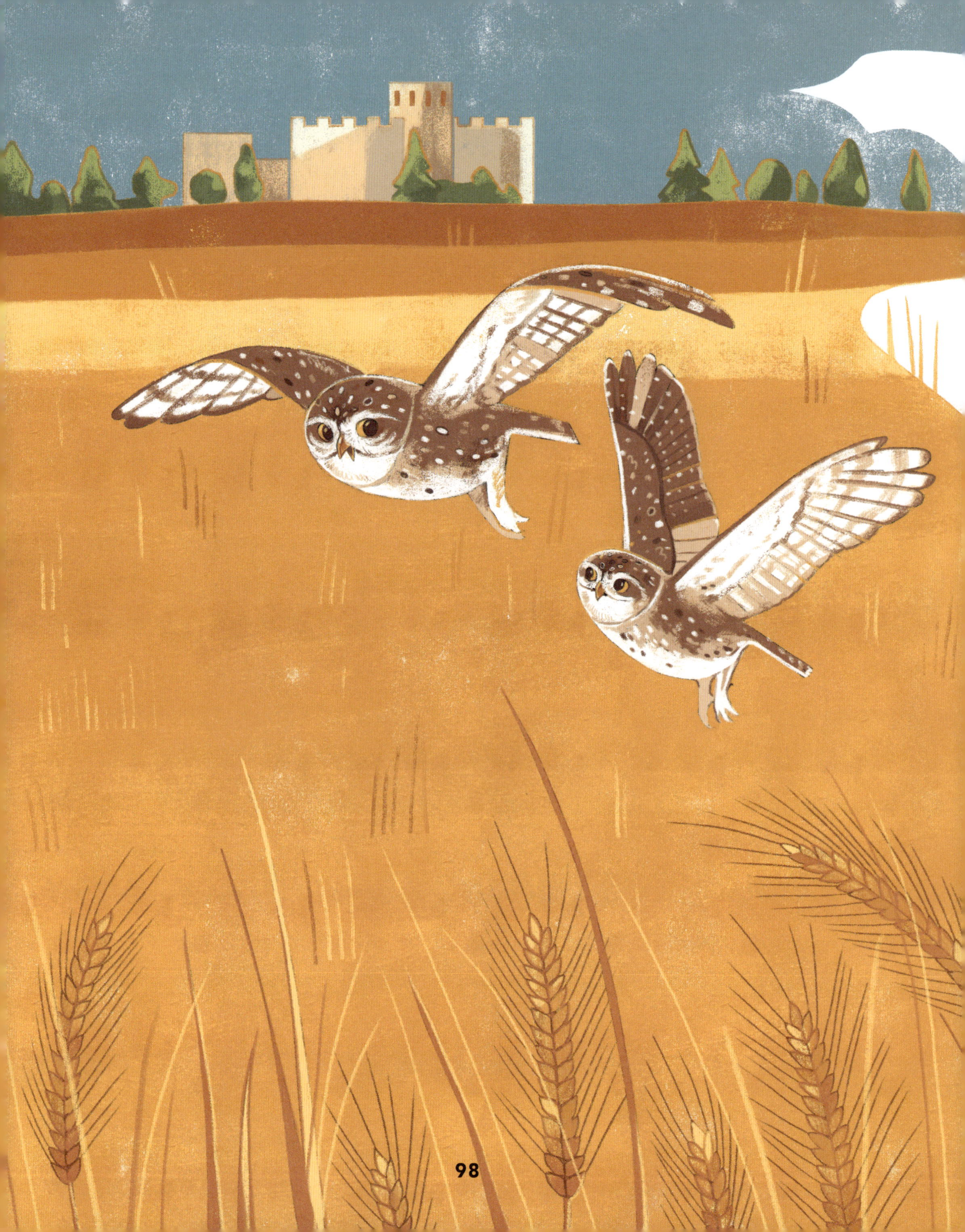

阿耳戈斯城

小猫头鹰大声问爷爷奥德修斯有没有成功返乡,猫头鹰爷爷知道她害怕了。当狂风终于停歇,他们重新飞到陆地上空时,爷爷告诉她,奥德修斯最后成功返乡,但是他和伙伴们在愤怒的波塞冬手里吃了不少苦,他们的归途非常艰辛。小猫头鹰不明白为什么奥德修斯要遭受如此残酷的惩罚。"波塞冬惩罚他是因为他的傲慢,"爷爷说道,"不仅是因为他从独眼巨人手里逃脱。波塞冬惩罚奥德修斯是因为他还羞辱了对方。"小猫头鹰思量着波塞冬——尽管他和宙斯是亲兄弟,两人地位平等,但是他和其他兄弟姐妹们不一样,大海以外没有一处土地归他管辖,她开始为这位寂寞的海神感到一丝难过。

终于,小猫头鹰看见远处高耸的石头建筑——他们终于快到家了。阿耳戈斯城坐落在麦田间,目光所及之处皆是金黄的麦子,如同金毯子一般。这儿土地肥沃,农民日夜劳作。

作为旅途的最后一个落脚点,猫头鹰爷爷决定告诉小猫头鹰自己记得的所有曾经统治过阿耳戈斯城的国王的故事。"在讲故事前,"他说道,"你得明白一些事,那就是国王总是祈祷生下的孩子都是王子。你看,多数人类总是下意识地认为女人无法像男人一样成为领袖。"小猫头鹰眯了眯眼睛,生气地问:"不是还有雅典娜吗?""神不一样,"猫头鹰爷爷说道,"神一直都知道女神和男神一样,力量和智力相当,人类却不明白这一点。雅典娜将教会他们这个道理。"

珀耳修斯和美杜莎

阿耳戈斯城国王阿克里西俄斯非常失望，因为妻子一直未能生下一个儿子。这在当时是一个很严重的问题，因为王位只能传给王子，不能传给公主。于是他前往德尔斐神庙问祭司为什么自己没有儿子。祭司没有回答他的问题，只是说他女儿的儿子会给他带来灾祸。阿克里西俄斯不喜欢这个神谕，而且也很疑惑，因为他唯一的女儿达那厄没有孩子。但是，他依然相信祭司道出的是真相。他在皇宫的院子里造了一间铜屋，屋子的天花板可以开启，这样达那厄就能够晒到太阳，但是铜壁的高度是她身高的三倍，她根本无法逃脱这间屋子。阿克里西俄斯相信只要把女儿关在里面，她就见不着任何人，不会爱上任何人，也就不会生下预言中所说的孩子。

一天，达那厄正在院子的铜屋里做女红，头顶忽然乌云密布。她看见宙斯的雷霆闪电，接着，下起了雨——不是常见的雨，是金色的雨。金雨在她身上环绕。九个月之后，达那厄生下一个儿子，取名叫珀耳修斯。阿克里西俄斯发现生下的是一个男孩后便开始担心神谕成真。他考虑过杀掉孩子，但是当达那厄告诉他宙斯及金雨的事情后便打消了念头。相反，他令达那厄和孩子爬进一个木箱子中，命士兵将箱子扔进了海里。在海上颠簸了几天几夜后，箱子被冲上一座岛屿，岛上的统治者是国王波吕得克忒斯，这个名字的意思是"欢迎四方来客"。

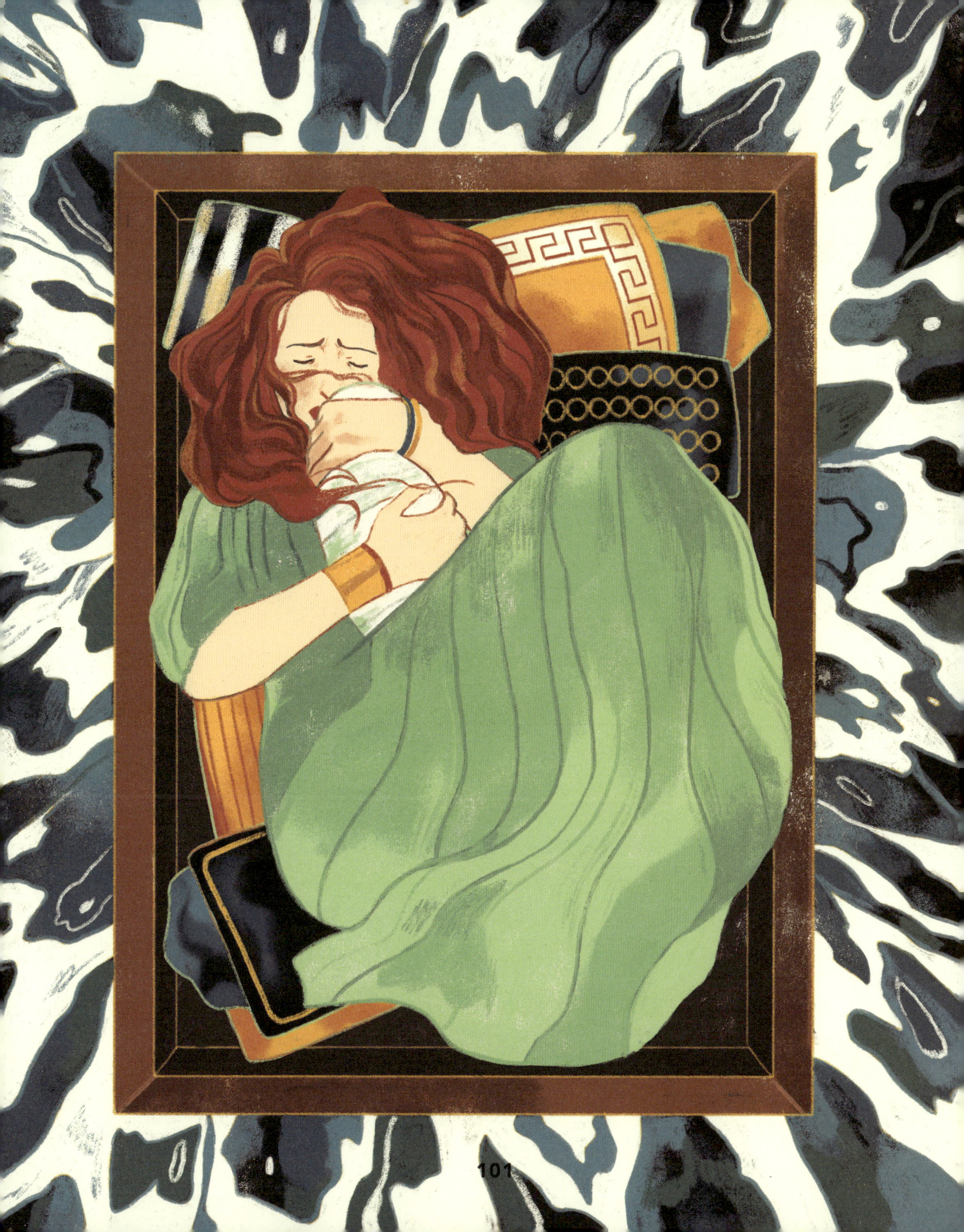

一位名叫狄克堤斯的渔民因渔网钩住了木箱子一角而发现了达那厄和珀耳修斯。狄克堤斯将他们直接带回家，把他们当成自己家人，让他们住在自己的房子里。珀耳修斯长大成人，成了一名能干的渔民。后来，波吕得克忒斯国王经常来贫寒的渔民家和达那厄聊天。珀耳修斯开始怀疑波吕得克忒斯国王不仅仅是把自己的母亲当成朋友那么简单。

一天，波吕得克忒斯来到狄克堤斯家，将一个花冠作为礼物送给达那厄。珀耳修斯质问他是何居心。国王不希望自己对达那厄的感情引得流言四起，于是将珀耳修斯派去执行一个不可能完成的任务，希望他永远都回不来——他命令珀耳修斯将蛇发女妖美杜莎的头颅带回来给他。美杜莎虽年轻美丽，却是一个蛇发怪物，任何人看到她的眼睛都会变成石头。珀耳修斯丝毫不知道如何打败这样的怪物，因而向雅典娜祈求帮助。雅典娜全副武装出现在他面前，告诉他去找赫斯佩里得斯七仙女，只有她们手里有制服美杜莎的武器。虽然珀耳修斯不知道赫斯佩里得斯七仙女住在哪里，但是他知道格赖埃可以告诉自己，因此他先去找她们。

格赖埃是三姐妹，她们和时间一样古老，轮流使用一只眼睛和一颗牙齿。珀耳修斯走了好几天才到达她们居住的洞穴。洞穴里面一片黑暗。就在珀耳修斯眨眼睛以适应黑暗的时候，三姐妹为了看清楚入侵者将共有的那只眼睛互相传递。珀耳修斯看准时机，趁她们把眼睛传递给下一个人的空隙，一把将眼睛夺了过来，装进口袋里。三姐妹非常生气，尖叫起来，声音像乌鸦叫一样刺耳嘶哑："陌生人，你想要什么？"

"你们必须告诉我去哪里找赫斯佩里得斯——"珀耳修斯话还没说完，三姐妹就摇头拒绝——看来她们已经打定了主意。"如果不告诉我去哪里

"找赫斯佩里得斯七仙女,"珀耳修斯威胁道,"我就把你们的眼睛放在口袋,让你们永远看不见!"三姐妹嘟囔着,没有再发一言,脚跟一齐旋转起来,排成一列将珀耳修斯带出黑暗的洞穴,朝赫斯佩里得斯七仙女所在的树林而去。

珀耳修斯跟着三姐妹朝西边走去。太阳开始下沉,周围世界沉浸在落日的金色余晖里。七位仙女看见到来的珀耳修斯,似乎早就知道了他的来意。她们打开藏宝箱,将以下宝物赠给珀耳修斯:信使之神赫耳墨

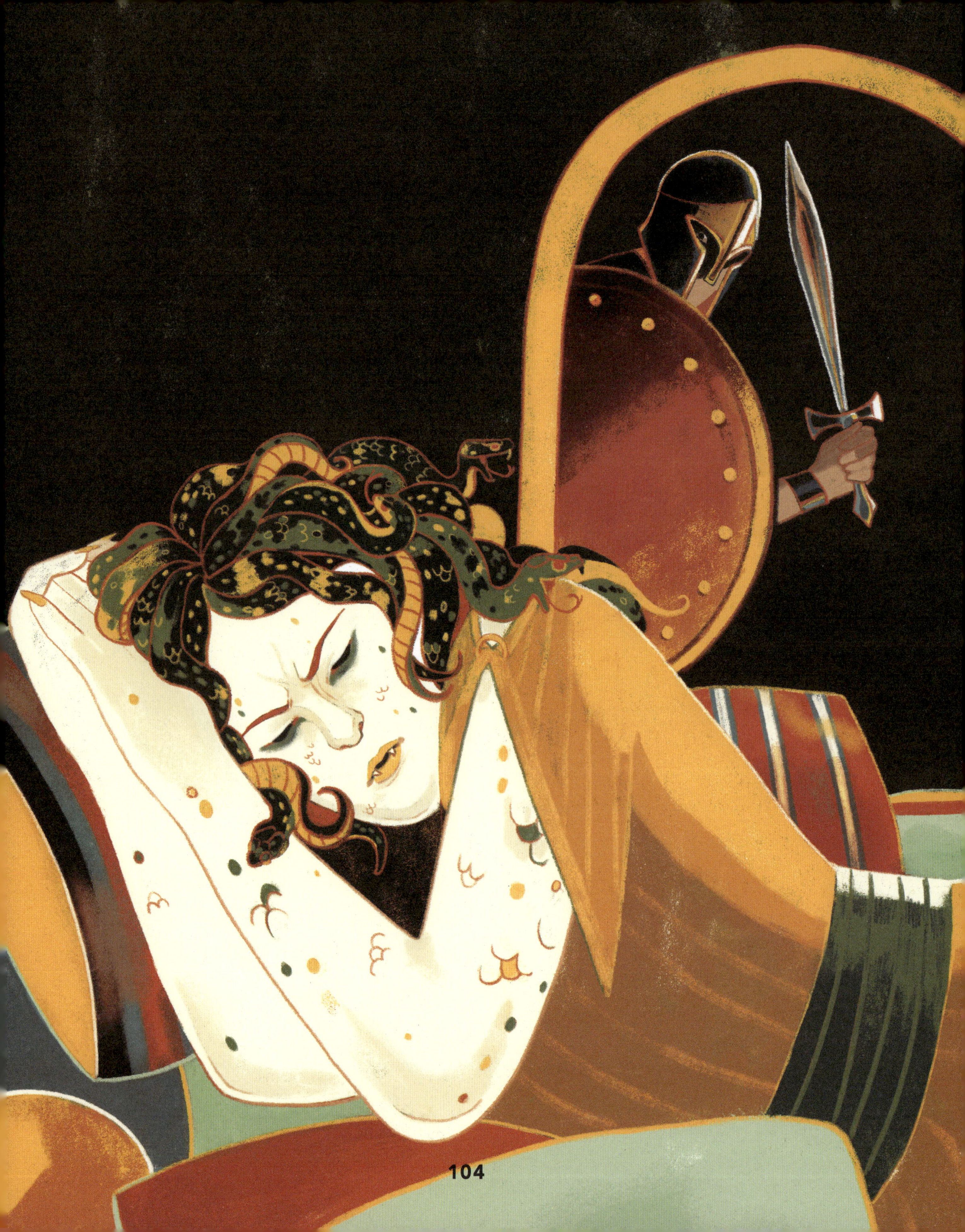

斯的带飞翅的凉鞋、宙斯的不碎之钻制成的宝剑、抛光过的雅典娜的盾牌、让人隐形的头盔以及她们自己编织的背包。珀耳修斯感谢了仙女们，全神贯注地听着她们描述前往美杜莎洞穴的路线。

步行数日之后，珀耳修斯注意到远方出现了一些奇怪的石像，靠近了才发现是人的雕像，只不过姿势诡异，不像出自雕刻家之手。有些石像恐惧地蜷缩着，有些则跪着，头向后扭着。忽然，珀耳修斯听见蛇吐信的嘶嘶声。他知道，自己已经到了美杜莎的洞穴。于是，他戴上隐形头盔，让美杜莎看不见自己，然后举起雅典娜那块抛光过的盾牌，调整角度，挨着洞口，随后盾牌上映出睡着的美杜莎的影子。珀耳修斯以迅雷不及掩耳之势冲到还在角落里打盹的女妖面前，拿剑将她的头割了下来，动作干脆利落。在这期间，珀耳修斯一直盯着盾牌抛光面里的映像。被割下的头颅上那些蛇不断发出嘶嘶声，扭动了一会儿，接着安静了下来。珀耳修斯抓起头颅，将它扔进了赫斯佩里得斯七仙女制作的背包，然后穿着赫耳墨斯那带着飞翅的凉鞋逃走了。

珀耳修斯和安德洛墨达

在返回途中,珀耳修斯路过埃西欧匹亚,该国由国王刻甫斯和王后卡西俄珀亚统治。他将船靠岸,一抬头,看到了一个可怕的场景:一位女子被锁链绑在一块离水面几英寸高的石头上。女子没有反抗,也没有试图挣脱锁链,而是像一尊雕像一样一动不动。她头向后扭着,任由海浪拍打在脚踝上。珀耳修斯随即走向一位正站在岸边将鱼装进木箱的渔夫。

珀耳修斯向渔夫询问："那位女子是谁？是谁把她绑在这石头上任凭大海摆布？"女子任由风吹浪打而安之若素，这份力量和勇气令他惊讶不已。渔夫还未回答，海水就开始在女子脚踝处翻涌起来。海浪拍击着海岸，一浪高过一浪，逐渐变成惊涛骇浪，珀耳修斯担心女子会被淹死。

　　一只像龙一样的怪物浮出水面，龇着牙，拖着尾巴，霸占了整个港口。渔夫回答了珀耳修斯的问题："女子名叫安德洛墨达，是国王刻甫斯和王后卡西俄珀亚的女儿。她的母亲吹嘘说自己女儿的美胜过任何海仙女，然后波塞——"还未说完，渔夫的话就被打断了。海怪的尾巴甩了起来，重重砸下，海水喷溅到石头上。

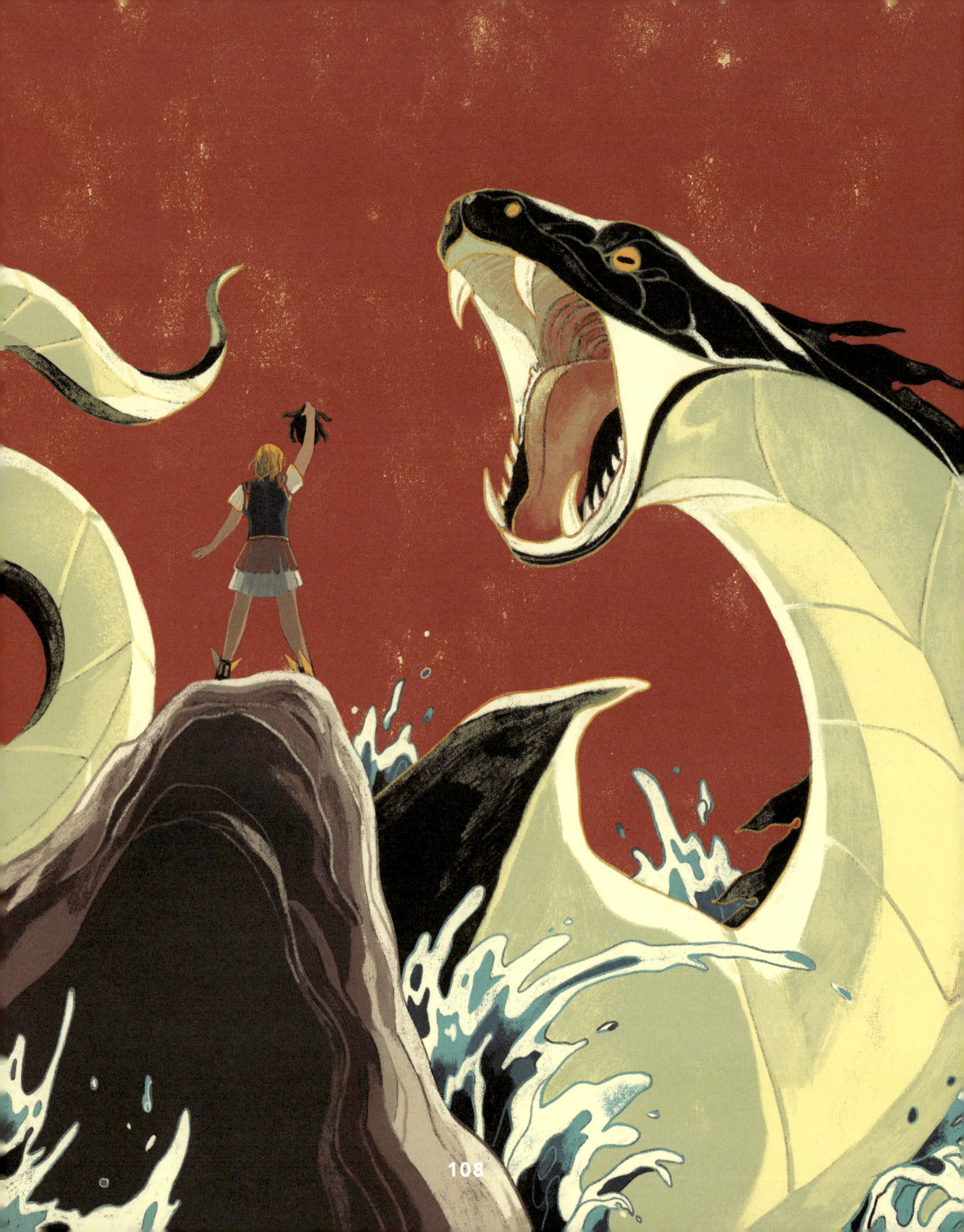

"波塞冬火冒三丈,"渔夫继续说,"因为王后的话仿佛暗示着任何人都可以比海洋仙女更漂亮,因此——"渔夫闪到左边,避开海怪甩到耳边的一大团海草,"因此,他派来了这个怪物。"

珀耳修斯不知道这和安德洛墨达有什么关系。渔夫继续说道:"国王前去询问神谕如何才能摆脱这怪物,结果只得到一个让他后悔的答案。你看,"渔夫接着往下说,"神谕告诉国王只有将女儿献给怪物才能平息波塞冬的怒火。你看,这就是他们干的好事。"

珀耳修斯抬头看着对面的女子。尽管怪物离这位女子脚踝只有几英寸远,但她毫无惧色。这时,珀耳修斯打开赫斯佩里得斯七仙女为他编织的背包,揪着蛇发,拽出女妖的头颅。此时,美杜莎的双眼并未失去法力。他沿着海岸线往下跑,然后爬上石崖,和怪物面对面,将美杜莎的头颅举了起来。怪物抬起头,直盯着女妖美杜莎的眼睛。怪物的眼睛最先变成白色大理石,然后是脖子,不久整个身体都裹在了冰冷的石头里。珀耳修斯为安德洛墨达解开锁链,在石头海怪的注视下,向她求婚。安德洛墨达答应了。

珀耳修斯终于回到阿耳戈斯城，有机会将美杜莎的头颅呈给波吕得克忒斯国王并再次见到母亲。但他抵达后却发现，母亲失踪了。他找遍全城，最后来到一座小寺庙，发现母亲被囚禁在里面，国王波吕得克忒斯带着一些士兵看守着。珀耳修斯已经离开数年，国王看到他非常惊讶，盯着他，哑口无言。珀耳修斯抓住机会，从背包里再一次拿出了美杜莎的头颅。

国王和士兵讶异地看着头颅。瞬间，他们全部变成了石像。珀耳修斯从监狱救出了母亲。

但是珀耳修斯依然没能逃过预言中伤害祖父阿克里西俄斯国王的命运。听说外孙返回阿耳戈斯城的阿克里西俄斯逃到更北边的忒萨利避难。

珀耳修斯对预言一无所知，不明白为什么祖父会离开，因而动身前去找他。当他抵达忒萨利，发现城里正如火如荼地举行体育比赛，便报名参加掷石盘比赛。等轮到他的时候，他拿起扁平的石盘，扭转身体用尽全身力气将石盘扔了出去。这一掷非常优秀——石盘向场地前方笔直飞去，比其他选手多出几乎场馆一半的距离。正当石盘要越过最远标记的时候，突然转变方向，旋转着朝东边而去。珀耳修斯惊恐地意识到，前方正是观众席。他试图大声喊叫，警告他们，但是太迟了。石盘不偏不倚，击中祖父，祖父当场毙命。有些预言总是一语成谶，无法避免。

赫拉克勒斯的任务

赫拉克勒斯也是一位深受黑暗和杀人预言之苦的阿耳戈斯城国王，从他出生开始，就受到女神赫拉的憎恶。他的父亲是宙斯，母亲是一位名叫阿尔克墨涅的人类女子。出生的时候母亲为他取名为赫拉克勒斯，意为"荣耀归于赫拉"，希望能够平息赫拉的怒火。然而事与愿违，赫拉诅咒他，导致他在癫狂中杀害了自己的妻子和孩子。清醒后的赫拉克勒斯意识到自己犯下的罪行，惊恐不已，前往阿波罗神庙寻求指引。阿波罗让他前往迈锡尼伺奉欧律斯透斯国王十二年，并向他保证只要做到就能够获得永生。赫拉克勒斯不明白妻子和孩子不在了自己一直活着还有什么意义，但是他知道神的话是不容置疑的。于是，他直接来到迈锡尼，跪在欧律斯透斯国王面前，许诺会完成国王交代的任何事情。欧律斯透斯为获得如此忠诚的仆人而惊喜不已。他挖空心思，想出各种危险的任务和挑战。

首先，国王让赫拉克勒斯制服涅墨亚狮子。这头狮子体形巨大，拥有神力，毛皮坚不可摧，兵器都无法伤害它。赫拉克勒斯发现自己总算棋逢对手。最后，他不得不进入巨狮的洞穴，徒手搏斗，巨狮最终一命呜呼。

接着，欧律斯透斯让赫拉克勒斯前往勒拿湖制服许德拉，一条九头毒蛇。许德拉比狮子更可怕。每次赫拉克勒斯砍下九颗脑袋的其中一颗，同一个位置就会冒出两颗头来。没多久，许德拉就有了七十二颗头。它们吐着毒舌，嘶嘶作响。赫拉克勒斯召唤自己的朋友伊俄拉俄斯前来帮忙。他们一起用一根燃烧的火把灼烧许德拉那刚被砍下头颅正流着血的脖子，这样新头就没办法长出来了。但是，当赫拉克勒斯和朋友一起返回欧律斯透斯王宫的时候，国王不愿意承认这项功绩，认为赫拉克勒斯并未凭一己之力完成任务。

接下来，欧律斯透斯让赫拉克勒斯生擒两只动物。一只是刻律涅亚山上的神鹿。这只鹿的鹿角和鹿蹄都是金色的。赫拉克勒斯追踪了一整年，终于觅得它的踪迹，用一支箭射伤它，将它扛在肩上返回迈锡尼；另一只是厄律曼托斯野猪，赫拉克勒斯在及膝深的雪里追踪了几天后用网将其捉回。

当欧律斯透斯发现两只动物都被关进了自己王国的牢笼时，便派赫拉克勒斯去执行另一项任务：打扫奥革阿斯的牛圈。奥革阿斯拥有几千头牛——尽管几百名工人没日没夜地清理，牛圈看起来就像从未打扫过一样。赫拉克勒斯找到奥革阿斯，提出可以在日落前将牛圈打扫干净，但要求得到十分之一的牛作为报酬。奥革阿斯同意了这个可笑的提议，毕竟在他看来这是一项不可能完成的任务。

但是赫拉克勒斯胸有成竹。他和流经奥革阿斯农场两侧的两条河流达成协议：河流将改道直接流经奥革阿斯的牛圈。河流冲刷牛圈，水势迅猛，那些四处散落的牛粪、草料、吃剩的大麦全被冲走了。然而，欧律斯透斯依然认为是河流清洗了牛圈，拒绝将其计入赫拉克勒斯的功绩。

接着，欧律斯透斯命令赫拉克勒斯前去处理因害怕被狼吃掉而躲在斯廷法利斯湖畔的鸟群。当赫拉克勒斯抵达湖岸，才发现它们不是普通的鸟类，而是长着铜嘴铜爪的怪鸟，数量之多，覆盖整个湖面。附近田地里的庄稼被它们啄食得一干二净。成千上万的鸟站在树上，树枝无法承其重，弯到了地上。正当赫拉克勒斯靠近这片湖区时，雅典娜出现了，将赫淮斯托斯制作的一个金摇铃交给了他。赫拉克勒斯晃动摇铃，那震耳欲聋的声音惊动了怪鸟。它们飞到空中，纷纷逃离，再也没有回来过。

欧律斯透斯给赫拉克勒斯的第七个任务是将克里特公牛带回迈锡尼。波塞冬给克里特的弥诺斯国王送去克里特公牛，作为对国王统治地位的肯定，并期望弥诺斯国王再将公牛献祭给自己。但是国王看到公牛如此漂亮，不舍得将其献祭，于是将这头闪闪发光的白色圣物牵回了自己牛圈，另选了一头公牛进献给波塞冬。波塞冬可不能接受以次充好。为了惩罚弥诺斯国王和他的家人，他让弥诺斯之妻帕西淮爱上了那头白色的公牛，并生下了一个叫作弥诺陶洛斯的半牛半人的可怕怪物。赫拉克勒斯找到了这头公牛，将其摔倒在地，绑起来，轻轻松松地带了回来。

第八项任务，欧律斯透斯命令赫拉克勒斯前往色雷斯——一个因马术而闻名的国度，将狄俄墨得斯国王养的牝马夺来。这些嗜血的牝马专门以人类血肉为食。尽管这些牝马让赫拉克勒斯感到害怕，但他还是照做了。赫拉克勒斯将狄俄墨得斯国王扔去喂马，它们像吃草一样大快朵颐，吃饱后满足地站着。赫拉克勒斯给它们套上笼头，它们变得安安静静。就这样，赫拉克勒斯将它们带给了欧律斯透斯。

欧律斯透斯思考着下一项任务。他命令赫拉克勒斯前去夺取女王希波吕忒的腰带，作为送给欧律斯透斯女儿的礼物。

希波吕忒女王统治着阿玛宗部落，部落全是骁勇善战的女子。当赫拉克勒斯来到阿玛宗部落的领地，找到女王，向她解释了自己的来意，并问她能不能将腰带当作礼物赠给欧律斯透斯的女儿。没想到希波吕忒竟然同意了，但是正当她要解下腰带送给赫拉克勒斯的时候，赫拉出现了。

赫拉觉得对于赫拉克勒斯这个对家人犯下滔天罪行的家伙来说，任务完成得太轻而易举了，便发誓不能让他好过。她伪装成一个阿玛宗人，四处散播谣言，告诉其他人，阿玛宗女王肯定是被骗了，竟然将腰带赠给神秘的陌生人。于是阿玛宗女战士们举着双面斧，围住了希波吕忒。

赫拉克勒斯见势不妙，以为是希波吕忒耍的花招，全然不知道是赫拉搞的鬼。他躲开所有的武器，从阿玛宗女王手中抢下腰带，以最快的速度跑回了自己的船。

第十项任务，欧律斯透斯命令赫拉克勒斯夺取革律翁的红牛。革律翁是住在厄里茨阿西边岛屿上的巨人，长着三个身体，六只胳膊，六条腿，还有一双大翅膀。

赫拉克勒斯必须越过利比亚沙漠才能到达厄里茨阿。才走完一半路程，他便精疲力尽，他咒骂太阳散发出的无休无止的热气。他开始发脾气，朝太阳射了一箭。令他惊喜的是，太阳神赫利俄斯竟然将自己的马车借给他。这样，剩下的路程他就可以乘着马车，直接飞奔到厄里茨阿。赫拉克勒斯在岛上看见的第一样东西是一只咆哮着的巨大的双头狗。他用木棒打死了它，也制服了前来察看的牧人欧律提翁。

革律翁听到狗的叫声和欧律提翁的喊声，一跃而起，戴上三顶头盔，每双巨手都拿着一块盾牌，全副武装，准备战斗。还没等革律翁找到自己，赫拉克勒斯就转过身，从肩上背着的箭筒里小心地取出一支毒箭，直接射在了革律翁的额头中间。革律翁轰然倒地，三双膝盖跪了下去，三只脖子也垂到了地上。赫拉克勒斯用欧律提翁拿过的拐杖，将牛群赶往欧律斯透斯的王宫。赫拉对此有意见。她还是认为赫拉克勒斯过于轻松就完成了任务。于是，她派了一只牛虻去咬那群红牛。被咬后的红牛四散而逃，赫拉克勒斯花了近一年的工夫才将牛群重新聚到一起。当他将聚起来的牛群赶往迈锡尼的时候，赫拉故意让河流发大水，让牛群无法渡河。赫拉克勒斯堆石填河，直到水位够浅，牛群才能蹚水渡河。无法想象，当欧律斯透斯宣称，自己想要牛群的初衷是为了将它们献祭给赫拉的时候，赫拉克勒斯的脸上是什么表情！

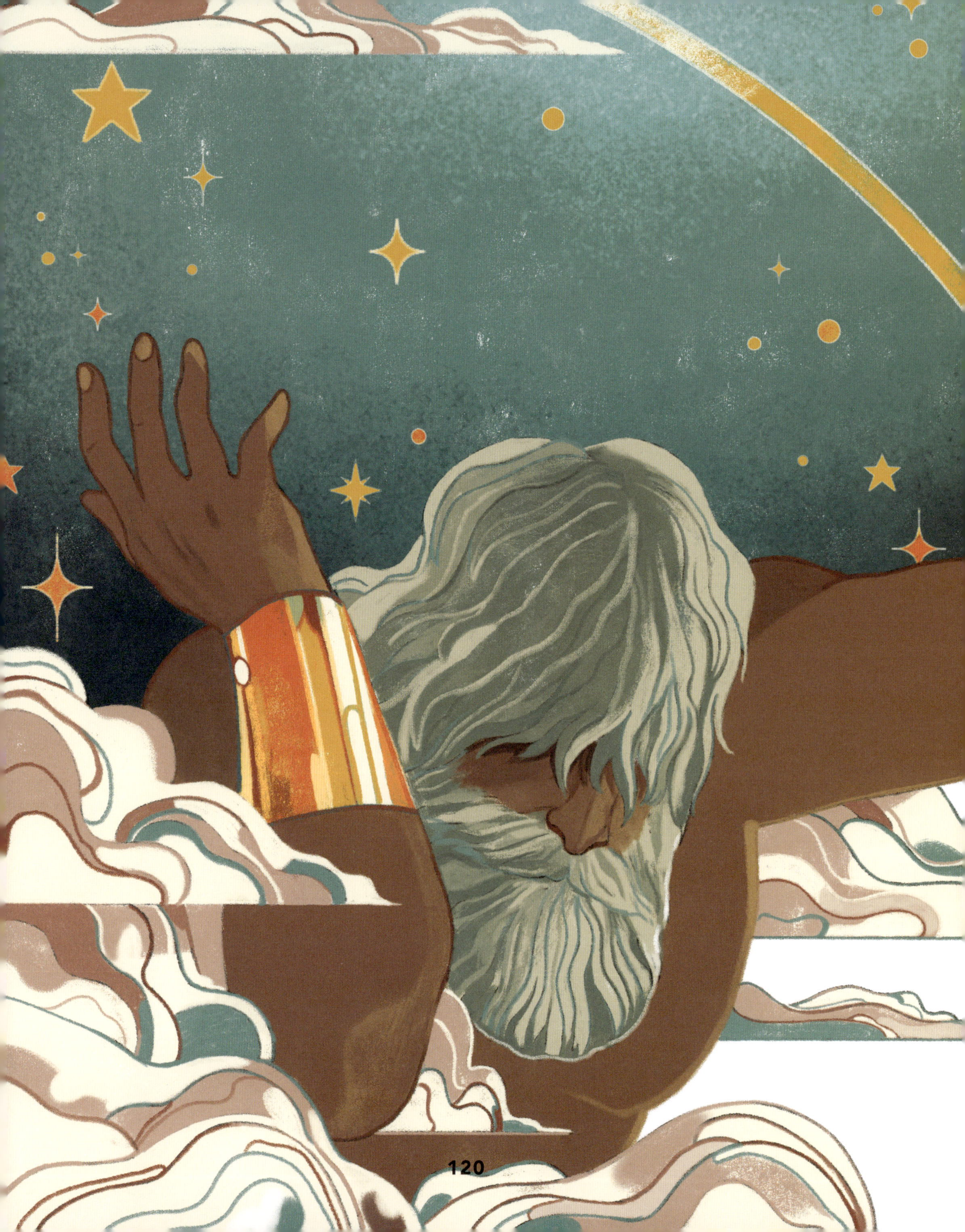

由于欧律斯透斯拒绝承认赫拉克勒斯之前完成的两项功绩，他又给赫拉克勒斯分配了两项任务：取得赫斯佩里得斯姊妹的金苹果，以及带回冥王哈得斯的看门犬刻耳柏洛斯。据赫拉克勒斯所知，只有阿特拉斯才能从赫斯佩里得斯姊妹的花园摘取金苹果。在提坦被众神打败之后，阿特拉斯被宙斯惩罚，永世都要将天空扛在肩上。

最终，赫拉克勒斯找到阿特拉斯，提出只要他能为自己摘取金苹果，就在他离开的时间里替他扛天。阿特拉斯如释重负，他的肩膀快要无法承住扛天之重了。阿特拉斯带回金苹果，主动提出要将金苹果送去给欧律斯透斯。他说："这样就可以免去你的奔波之苦了。"赫拉克勒斯怀疑这是个圈套，但是又担心如果不同意的话阿特拉斯会生气。于是，他想了个计策来应对。他说："当然，阿特拉斯，你必须把苹果送给欧律斯透斯，像你这样的长腿巨人跨越海洋的速度肯定比我快多了。"阿特拉斯以为自己的伎俩得逞了。"不过在你走之前，"赫拉克勒斯继续说道，"先扛一下天，好让我把披风盖在肩膀上。"阿特拉斯放下金苹果，从赫拉克勒斯肩上接过天空，当他专注地重新举起天空放到自己肩膀上的时候，赫拉克勒斯溜走了，并且带走了金苹果。当欧律斯透斯看到赫拉克勒斯肩上扛着满满一袋金苹果向他走来的时候惊奇不已，大英雄又成功了！

为了完成下一个任务，赫拉克勒斯起身前往冥界。他见到哈得斯，询问能不能将刻耳柏洛斯带走。两人对话的时候，那只三头犬的三个漆黑的湿鼻子正打着呼噜。哈得斯答应让赫拉克勒斯把刻耳柏洛斯带走——毕竟，连赫拉克勒斯进来时

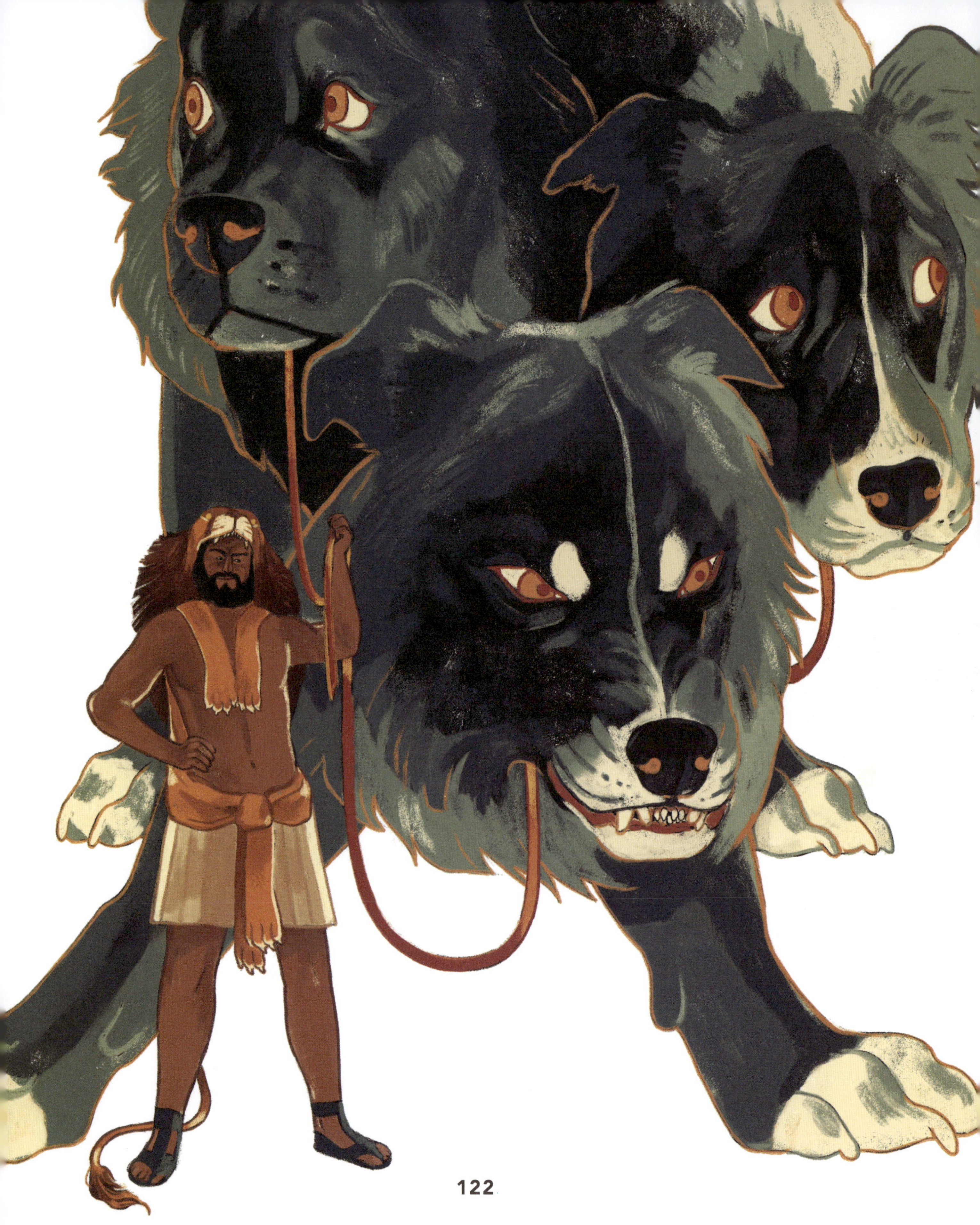

都没能醒过来的看门犬可算不上称职。但哈得斯提出了一个条件，赫拉克勒斯不能使用任何武器将狗带走。赫拉克勒斯是那种能让狗乖乖听话的人，他牙齿相扣发出咔嗒声，叫着刻耳柏洛斯的名字，三头犬小跑着跟在他后面，离开了冥界。

赫拉克勒斯将狗带到欧律斯透斯的王宫。尽管欧律斯透斯要求带回刻耳柏洛斯，但他其实很怕狗。赫拉克勒斯最终找到了欧律斯透斯，他正蜷缩在一个大坛子底下。欧律斯透斯乞求他将刻耳柏洛斯送回冥界，并承诺只要赫拉克勒斯照做，他将不再逼迫赫拉克勒斯做任何事情。赫拉克勒斯看着这只三头犬，那六只巨大的眼睛一直不停地寻找自己的主人哈得斯，于是答应送它回家。

赫拉克勒斯完成了十二项任务之后，欧律斯透斯也认为他接受的惩罚已经足够了。但是，没有家人的赫拉克勒斯怀念危机重重的冒险，他已经习惯了那样的生活。最终，他加入伊阿宋和阿耳戈英雄的队伍，向远方航行。

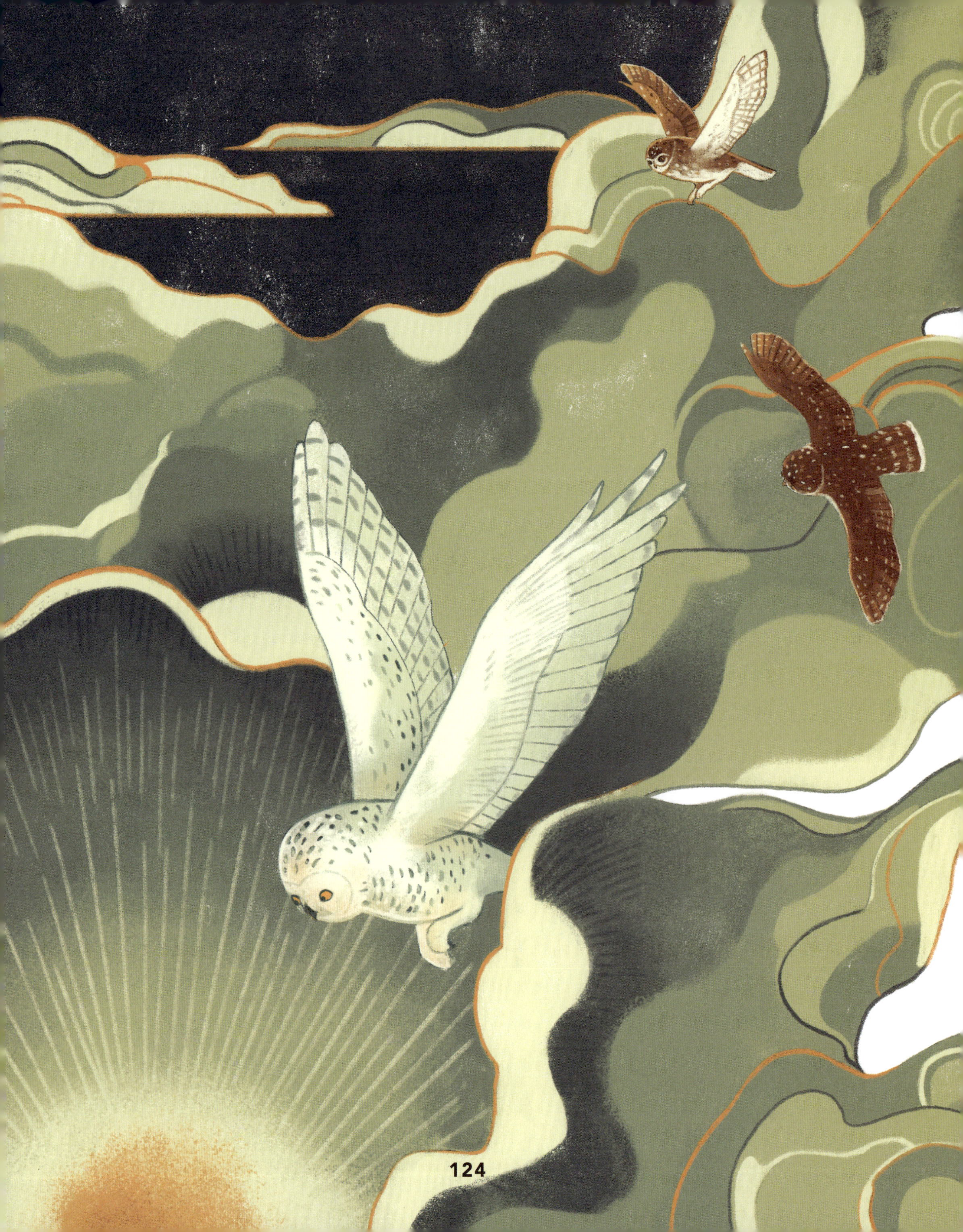

冥 界

"赫拉克勒斯为什么要承受那么多？"小猫头鹰说道，"他是因为赫拉的诅咒才犯了错啊，他又不是故意的。"猫头鹰爷爷郑重点点头，答道："但他确实犯下了不可饶恕的错误，这才是重点。"

爷孙俩还没离开阿耳戈斯城，小猫头鹰突然发现下面有什么东西在移动。尽管一片漆黑，那东西隐约可见是白色的，原来也是一只猫头鹰。爷孙俩靠近后，爷爷朝白色猫头鹰喊道："打扰一下，你好吗？"对方似乎没有听见。那么巨大的猫头鹰，爷孙俩还是第一次见到。爷孙俩在他身边盘旋。终于，这只白色猫头鹰回头看见了他们，吓了一跳，嘴动了动，吐出一颗裹着深红色果肉的果籽。"那是什么？"小猫头鹰低声问道。"一颗石榴籽。"猫头鹰爷爷解释道。随后，白色猫头鹰俯冲下去，爷孙俩好奇地跟在他后面。

当白色猫头鹰靠近地面的时候，反而加速俯冲而下。爷孙俩犯难了，颤动翅膀，慢了下来。地面现出一条缝隙，一开始很窄，逐渐变宽。

仿佛被一根无形的绳子拉扯着,爷孙俩挤进了地里。小猫头鹰闭上眼睛,嘴叼住爷爷尾巴上的羽毛,紧紧地跟在爷爷身后。他们迅速向下飞去,不知道飞过多少个弯,也不知道拐了多少个角,到了一处漆黑一片的地方。那是爷孙俩从未到过的黑暗之地。没过多久,他们来到一处光线微弱的洞穴,白色猫头鹰突然停了下来,像是停在一艘小木船的船尾。

　　这是一个奇怪的地方,每一寸土地上都爬满了青蛙。小猫头鹰睁大了眼睛,这里的青蛙看起来有餐盘那么大。白色猫头鹰示意他们靠近那艘仿佛要散架了的旧船。猫头鹰爷爷和小猫头鹰回过头才发现,先前地面上的缝隙已经合上了!他们别无选择,只好紧张地停在这艘旧船的前座上。突然,他们发现有什么坐在船的另一边,看上去像一个人类,但是眼睛里燃烧着蓝色的火焰,手指紧握着的长杆像是从他那粗糙扭曲的手里长出来的。白色猫头鹰张开嘴,一个金币落在了那人的腿上。此人睁开眼,将长杆伸进船下的水里。猫头鹰爷爷心里突然感到一阵害怕。他认出了这个人——是卡戎。

当木船离岸起航，驶向黑色河流下游的时候，青蛙唱起了歌，低沉而沙哑。

沉默似乎无止境，白色猫头鹰一动不动。只见卡戎让长杆入水，再出水，撑船往前划去。他们经过一片开阔地，快乐的灵魂们躺在阳光下，吃着盘子里的水果，谈论着艺术和诗歌。他们还经过了铁栅栏围起来的牢笼，里面关着那些苍白的、即将消逝的灵魂。小猫头鹰只是瞥了一眼，爷爷用羽毛挡住了她的眼睛。最终，轻微摇晃之后，木船停了下来。猫头鹰爷爷这才重新开口说话。

"我们……请把我们送回家吧。"他对白色猫头鹰说道。"家？"白色猫头鹰差点笑了出来，"你们已经到家了啊！一切灵魂最终的归宿都是冥界。"猫头鹰爷爷倒吸了一口气，非常大声。他看着小猫头鹰，她微微颤抖着，尽管已经竖起了羽毛，想要掩盖恐惧，但这一举动是徒劳的。"回雅典的家，"猫头鹰爷爷说道，"雅典娜的城市。"白色猫头鹰顿了顿，似乎被逗乐了，嘴里吐出另一颗石榴籽，讲起了他最爱的故事。

得墨忒耳和珀耳塞福涅

宙斯有个女儿名叫珀耳塞福涅，她的母亲是丰收女神得墨忒耳。一天，珀耳塞福涅在一片清澈的湖边摘着花。她折断花茎，塞到口袋里，直到口袋满满当当，再也塞不下一片花瓣。她伸出手去采最后一朵花，用拇指和食指捻住，然后轻轻往外拉，但是花朵一动不动。她再使劲，花朵只是朝她靠了靠，依然摘不动。最后，她用尽力气一拽，花朵离开地面，带出了一大团泥。

珀耳塞福涅跪下来，好奇地打量着这朵如此坚强的花。这朵花看上去显得普普通通。当她拿起花朵，它似乎就要凋谢了——花瓣变成棕色，蜷曲起来，花茎变得脆弱，以致花朵弯了下去，朝地上的泥洞耷拉着。突然，她感到手腕被一只冰凉的手抓住了。就在那一瞬间，她被拖下泥洞，拽到了冥界。

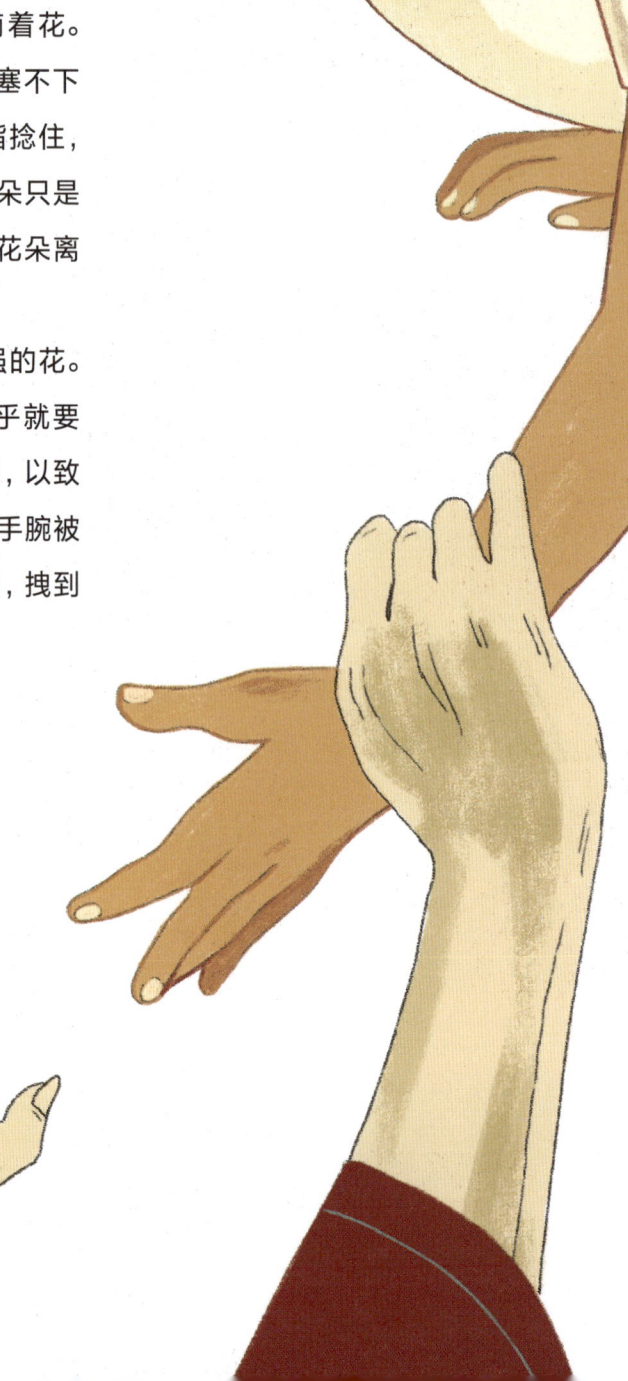

当天晚上珀耳塞福涅没有回家，她的母亲惊慌失措，呼唤着女儿的名字，却始终听不到回应。她哭啊哭，泪水流啊流，咸咸的泪水让整个世界没有淡水可供农民灌溉作物。那一年，农作物没有丰收，不计其数的人忍饥挨饿，人们一度以为自己就要饿死了。得墨忒耳的悲伤导致人类遭受着饥饿的痛苦，而这一切都被太阳神看在眼里。他很同情女神的遭遇，最终将发生的事情告诉了她。得墨忒耳认为，这不是什么命运的偶然，而是一次绑架。哈得斯，冥界之王，通过地面的缝隙来到人类的世界，偷走了她的孩子。

得墨忒耳直接前往奥林波斯山找到宙斯，问道："我们的女儿被哈得斯绑架了，你打算怎么救她回来？"宙斯迟疑了。哈得斯是他的兄弟，两人力量相当，只不过统治着不同区域而已。他负责活人世界，而他的兄弟负责冥界。

很快，宙斯也听到了人世间那些忍饥挨饿的人类的呼号，于是不情愿地提出了一个解决办法："你可以将女儿带回来，"宙斯说道，"只要她不吃冥界的任何东西。"得墨忒耳皱了皱眉，她必须在女儿因为太饿而进食之前找到她。

得墨忒耳进入冥界，感应到了女儿的存在。尽管空气里满是灰暗，但她注意到有成片的新鲜玉米在这里生长。得墨忒耳不禁露出了笑容，看来女儿遗传了自己令作物生长的能力。突然，她看到了女儿。珀耳塞福涅跑向自己的母亲，满眼含泪，告诉她所发生的一切。得墨忒耳心疼地抱住女儿，问道："告诉我，你在这儿有没有吃过什么东西？"

"我只吃了七颗石榴籽，"女儿答道，"我不知道那么少的食物会有这么大的威力！"

得墨忒耳悲痛万分。她们来到冥界中心，站在通向哈得斯宫殿的过道里。得墨忒耳在那里苦苦哀求哈得斯放走珀耳塞福涅。她提醒冥

土，珀耳塞福涅是宙斯的女儿，也是他的侄女。她乞求哈得斯放过家人。但是哈得斯已经习惯了有珀耳塞福涅的生活，她给这片灰暗之地带来了生机。

最终，尽管意见无法达成一致，但他们都不敢惹怒宙斯。得墨忒耳和哈得斯都做了让步，珀耳塞福涅将在人间和母亲生活半年，在冥界和哈得斯度过另外半年。得墨忒耳除了接受别无选择。最终，土地上的一切都遵循着这个规律：珀耳塞福涅在人间和母亲生活的六个月里，世界是明亮而温暖的，蜜蜂嗡嗡作响，绕着花转，花伸着懒腰，向天空绽开笑容；而在珀耳塞福涅不得不返回冥界的时间里，花枯萎凋谢，黑暗和寒冷笼罩着大地。这就是四季更迭的由来。

133

阿尔刻斯提斯

尽管珀耳塞福涅不能一直生活在凡人的世界，她却帮助另一位女子实现了这个目标。

阿尔刻斯提斯非常爱她的丈夫阿德墨托斯，两人都无法想象没有对方的生活。阿德墨托斯曾经许诺，在他们成婚的那天晚上，将向野兽和狩猎女神阿耳忒弥斯专门祷告。但是，当天发生了太多事，以至于阿德墨托斯将祷告的事忘得一干二净。为了惩罚他，阿耳忒弥斯在他床上藏了一堆毒蛇。到了晚上，当阿德墨托斯掀开被窝打算入睡的时候，他并没有被毒蛇吓到。他唤出阿波罗来帮助他。

阿波罗非常尴尬，毕竟使坏的是自己的亲姐姐，而姐姐显然忘了自己和阿德墨托斯是老朋友这回事。为了弥补姐姐的过错，阿波罗向阿德墨托斯承诺，当不幸来临的时候，只要有人愿意放弃自己的生命代他受难，他就能继续活下去。阿德墨托斯开心地收下了这份承诺。但是当命运决定的不幸之期来临的时候，身边的伙伴竟没有一个人愿意为他放弃自己的生命。阿德墨托斯开始怀疑自己是不是太天真了，竟会相信阿波罗的承诺能够改变自己的命运。

最后一刻，妻子阿尔刻斯提斯猛地推开阿德墨托斯的房门，告诉他自己愿意为他献出生命。说完这句话，就倒在了地上。她死后被安葬在坟墓里，灵魂跌入冥界，而阿德墨托斯继续活了下来。

阿尔刻斯提斯在冥界遇到的第一个人就是珀耳塞福涅。珀耳塞福涅倾听着阿尔刻斯提斯述说自己的故事，内心既羡慕而又困惑。她努力想知道为什么有人会将别人的生命看得比自己的生命还重要。她拒绝让阿尔刻斯提斯在死期未到之前进入冥界，并发誓要将她送回人间。阿尔刻斯提斯答应了，但是必须先说服哈得斯，以免他再用阿德墨托斯的生命作为交换。珀耳塞福涅引着阿尔刻斯提斯走上回人间的通道并让她坐上卡戎的渡船。阿尔刻斯提斯成功返回人间，和她挚爱的丈夫又一起生活了很多年。珀耳塞福涅是被阿尔刻斯提斯的善良所打动，所以帮助了她。

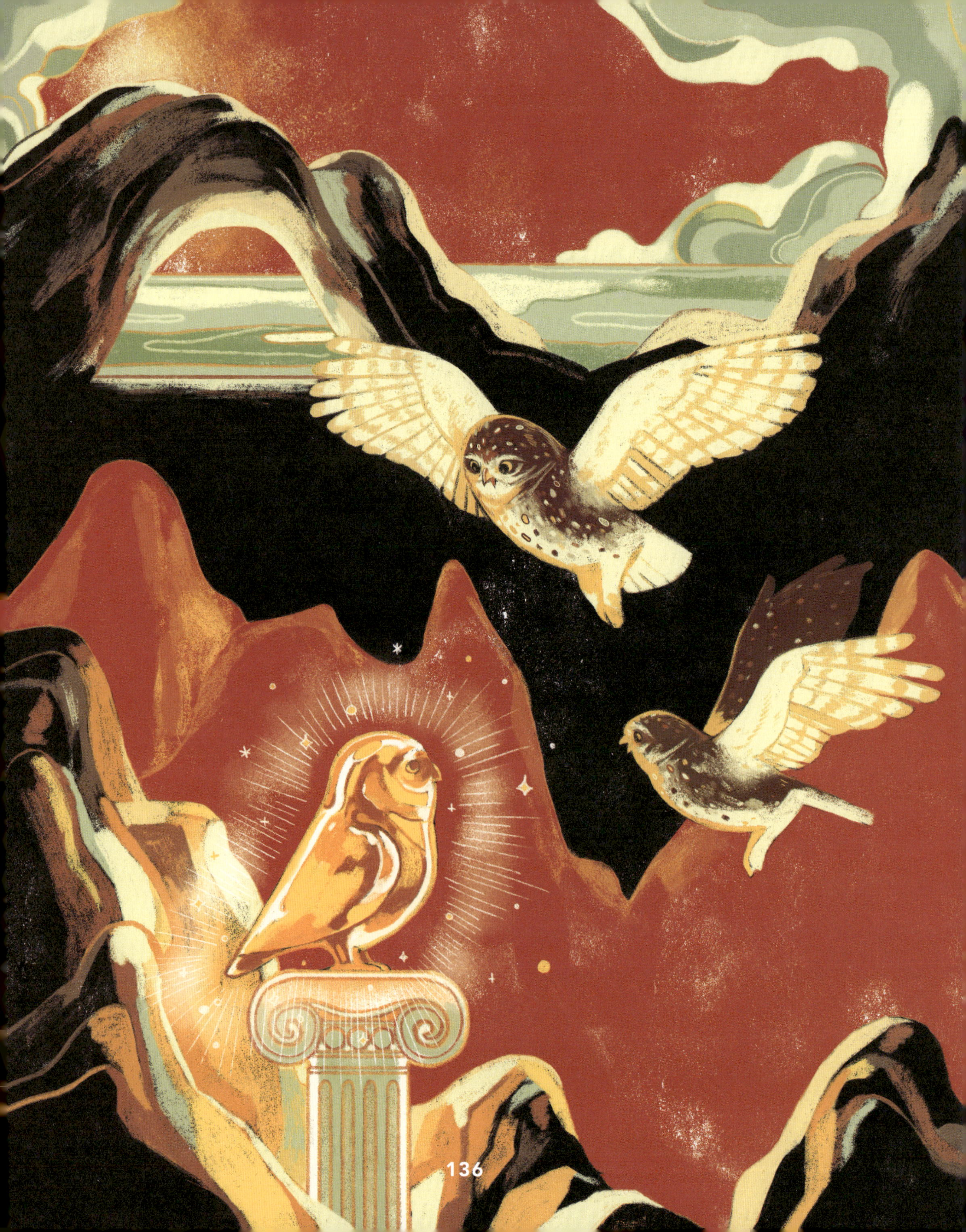

凡人世界

　　小猫头鹰松了一口气，白色猫头鹰讲的故事给了她希望。不管怎么样，她和爷爷肯定能离开冥界。他们扑腾着翅膀，朝黑暗深处飞去，那些唱歌的青蛙被甩在身后。整个飞行过程出奇的平静。那些灵魂似乎也没有注意到他们，继续忙着自己的事情。

　　猫头鹰爷爷发现远方有什么东西闪着光，仿佛正在反射着一种神秘的光线。他示意小猫头鹰跟上自己，一起靠近看个究竟，并希望能从那儿返回凡人世界。爷孙俩为了能回到雅典，已经不顾一切了。当他们靠近的时候，惊讶地发现那竟是一只金色的猫头鹰，正站在角落的一个底座上。猫头鹰爷爷小心地靠近雕塑，一下子就认了出来，是智慧猫头鹰，只不过记忆中的她不是金色的而已。爷爷将小猫头鹰喊到跟前。"这是什么？"小猫头鹰不知道该担心还是高兴。"孩子，"爷爷的声音变得从未有过的严肃，仿佛有什么重物压在了他的喉咙底部，"这是智慧猫头鹰，"他停顿片刻，"你的奶奶。"

猫头鹰爷爷说话的间隙，金色雕像内部深处仿佛有动静。尽管她没有动，小猫头鹰还是能看出来她有话想说。"我的奶奶？"小猫头鹰非常惊讶，"但是……发生了什么？"一根金色的羽毛动了动。"是弥达斯国王碰到你了吗？"猫头鹰爷爷问道，声音微弱，仿佛下一秒就说不出话来。"那是一个冬天，整个雅典都没有老鼠可抓，你飞到佛律癸亚寻找食物，"猫头鹰爷爷说道，"这就是我再也没能见到你的原因吗？"小猫头鹰听到声响，像是新锻造的金属撞击的声音，原来智慧猫头鹰在点头。小猫头鹰看到爷爷将头靠在奶奶的金色翅膀上。一直以来，猫头鹰爷爷心里满是疑问，就这样等啊等，现在他终于知道了真相——他的妻子中了弥达斯国王的点金术，变成了金子。猫头鹰爷爷想要和失散已久的妻子永远留在冥界，但是小猫头鹰还太小，还有大好的未来。想到自己不得不返回雅典，离开妻子，猫头鹰爷爷就心痛不已。

　　智慧猫头鹰抬起一只僵硬的金色翅膀，向前指了指。远方有一道模糊的光亮，那是另外一道缝隙——离开的路！猫头鹰爷爷看着妻子，久久不愿将目光挪开。随后，他转身，用翅膀将小猫头鹰搂过来，将她抛向空中。带着沉重的心情，爷孙俩飞过冥河，飞过那弯弯曲曲的通道，飞了许久，回到了凡人世界。尽管猫头鹰爷爷很想回头，但是，他强忍住了。

　　最终，他们看到地平面上升起的雅典火炬，感觉像是离开了一辈子。猫头鹰爷爷停在帕特农神庙顶部，小猫头鹰挨着他，很长时间都没有说话。最终，爷爷开口问道："你有没有想过猫头鹰是怎么来到雅典的？""没有，"小猫头鹰答道，"我们好像一直都属于这里。"说完打了个哈欠，嘴张得老大，仿佛能够吞下正从亚略巴古

的树林后面升起来的太阳。"当我和你奶奶第一次来雅典的时候，这儿可不是现在这个样子。"猫头鹰爷爷说道，"那时候只有一棵橄榄树，不算粗壮，但因为是雅典娜女神种下的，所以能轻松承受住所有猫头鹰的重量。我们离开皮立翁山后第一次有了家的感觉，就是在这儿。尽管当时雅典只有一棵橄榄树，但却让我们有了归属感。从那时起，我们便一直陪伴着女神雅典娜。"

太阳差不多要升起来了，猫头鹰爷爷能看出来小猫头鹰已经累坏了。在他们准备睡觉之前，他还想解释最后一件事——关于雅典是怎样变成孙女所知道的雅典的。

刻克洛普斯

很久以前，我们今天所知道的雅典还是一个叫西哥罗佩的地方。这个地方的名字源于刻克洛普斯国王——此地的建造者，一个半人半蛇的怪物。刻克洛普斯用一些行动迅速的公牛犁地，很快就将一小片土地变成了泥地，但众神对此却很不高兴。众神想要在西哥罗佩这块土地上建造一座城市，并以自己的名字命名。由于他们还没决定用谁的名字，男神和女神内部发生了混战，最后雅典娜和波塞冬胜出。接下来，他俩决战。刚要拿出武器开打，宙斯就阻止了他们，担心他们的争斗将给人类世界带来灾难。宙斯提议，用一场送礼比赛取代战争，由刻克洛普斯国王决定谁送的礼物最好，胜出者将成为新城市的守护神，并以其名字为城市命名。

所有的男神和女神都聚在奥林波斯山之巅观赛。波塞冬率先出手，他将三叉戟高高举起，然后将其猛地扎入地下深处，一股泉水从地下喷涌而出。刻克洛普斯喜出望外，因为这座新城市（他当时都想好城市名或许该叫："波塞冬城"了）的人民将有足够的水源饮用、洗涤和种植庄稼。但是，刻克洛普斯弯下腰尝了尝泉水，才意识到水是咸的，和海水一样，这也意味着这水毫无用处。接下来，轮到雅典娜呈上自己的礼物了。她从口袋里拿出一颗橄榄核，将它埋进地里。众神一言不发地等了一会儿，接着橄榄树突然破土而出，树叶美丽精致，树干粗壮结实。和波塞冬的咸水泉相比，刻克洛普斯更喜欢这份礼物，因为橄榄树能为市民们提供橄榄、油以及烧火的木柴。他宣布雅典娜获胜，城市将以这位慷慨的女神的名字命名。那个名字一直持续至今，也就是大家熟知的那个名字——雅典。

复仇三女神

雅典城建成后的很长一段时间里都没有法院,因此民众只有自己执法,一个市民会以自己认为合适的手段惩罚另一个伤害过自己的市民。但是,雅典人慢慢发现,一件事情的对错因人而异。最终发生了一件非常严重的事情,以至于雅典娜不得不亲自出面处理。这样,没有法院的体系不能再继续下去了。

阿伽门农被妻子克吕泰涅斯特拉所杀,因为他迫害了他们的女儿伊菲革涅亚。但是阿伽门农——如果他有机会解释——将讲述一个完全不同的故事。他将女儿献祭给诸神,祈求一阵大风将自己的船只和船员们安全送回家。他一定会说自己当时别无选择。

后来,阿伽门农和克吕泰涅斯特拉的儿子俄瑞斯忒斯回到家,发誓要为父报仇,随后他攻击了自己的母亲。当他的母亲倒在地上的时候,俄瑞斯忒斯感觉到背脊一阵寒意——复仇三女神从冥界来找他了!并非只有雅典的人类会复仇,女神也会。女神们认为,杀掉俄瑞斯忒斯是正义之举,因为俄瑞斯忒斯不该伤害自己的母亲。终于,雅典娜觉得不能再让这样混乱的局面继续下去了。

这完全不是雅典娜梦寐以求的城市,必须有一个程序来决定什么是对的,什么是错的。于是,她宣告每一次罪行发生后,将由十二位市民倾听故事,他们将投票决定谁有罪谁无罪。雅典娜和复仇三女神达成协议,可以让她们成为雅典的女神,让她们和自己平起平坐,条件是她们不再寻求复仇,而是践行善意。雅典娜赋予她们新的名字——"善意的使者",希望这套新的"正义协议"能够阻止人们互相杀戮。

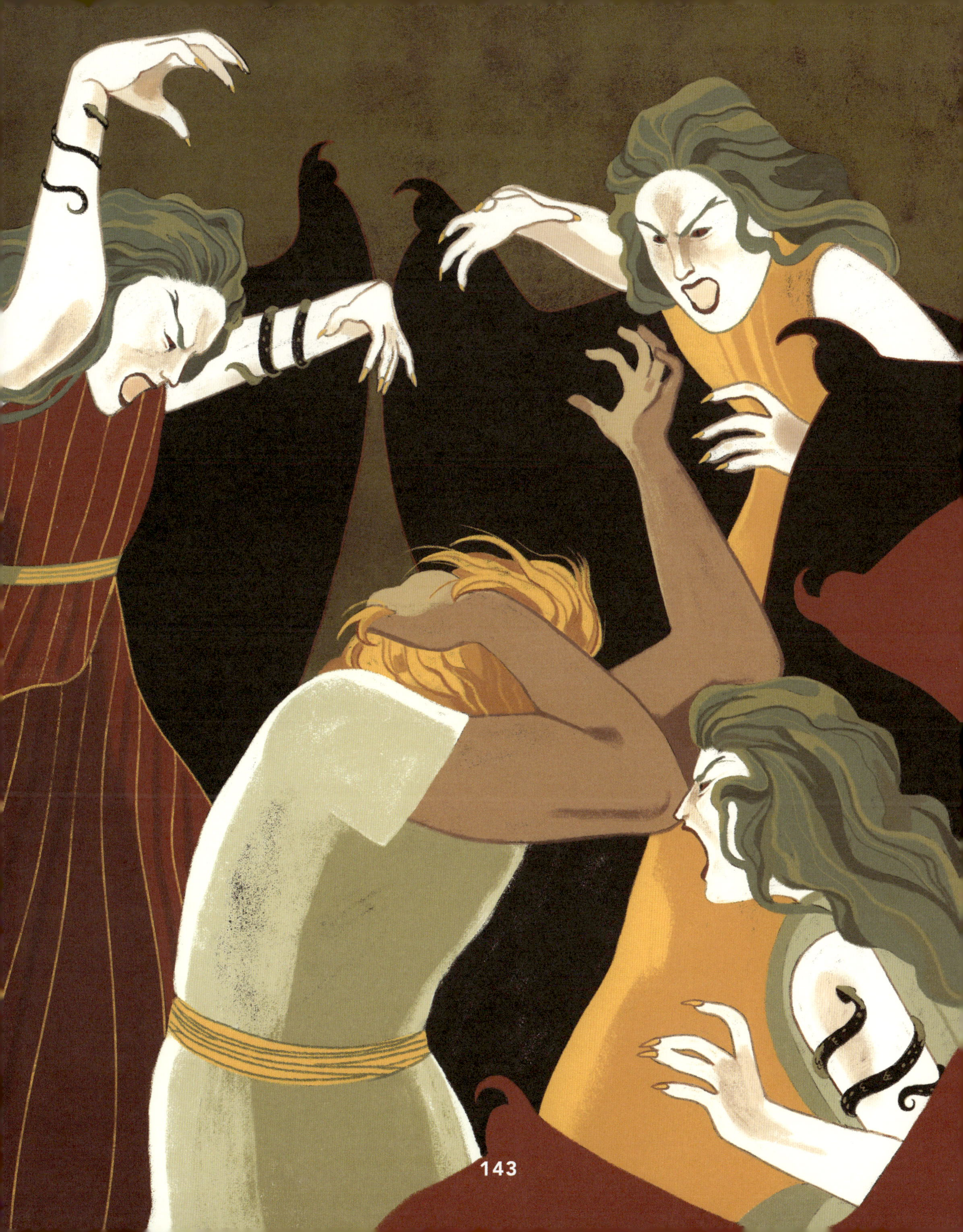

弥诺陶洛斯

雅典娜兴许能够阻止雅典人内部的复仇，却无法阻止其他人向雅典人复仇。每一座城市都有自己的隐痛，对雅典人来说，自己的隐痛就是弥诺陶洛斯。安德洛革俄斯是弥诺斯国王和帕西淮王后的儿子。他从克里特岛来到雅典参加比赛，所向披靡，每一场比赛都获胜，但最后他还是被一位嫉妒他的对手迫害了。安德洛革俄斯的父亲弥诺斯气疯了，他集结了最骁勇善战的士兵，挥师雅典，和雅典人战斗并获得了胜利。他成功为儿子复了仇，但是这并不能平息他心中的怒火。弥诺斯国王想要更多，其程度是雅典人根本无法想象的。

许多年前，弥诺斯国王的妻子生下一个半人半牛的孩子——弥诺陶洛斯。这个孩子长大后，变得越来越残暴，并开始爱上吃人肉。弥诺斯国王写信给最著名的建筑师代达罗斯，请他在自己的克诺索斯王宫里为弥诺陶洛斯建一处他无法逃出的住所。代达罗斯随即建造了一座精巧复杂的迷宫，连他自己进去后都走不出去。

弥诺陶洛斯总算被困住了，但是依然需要进食。于是，弥诺斯要求雅典人每九年向克诺索斯王宫送去七对年轻男女。他们将被养在城里，然后一个一个送给饥饿的弥诺陶洛斯。

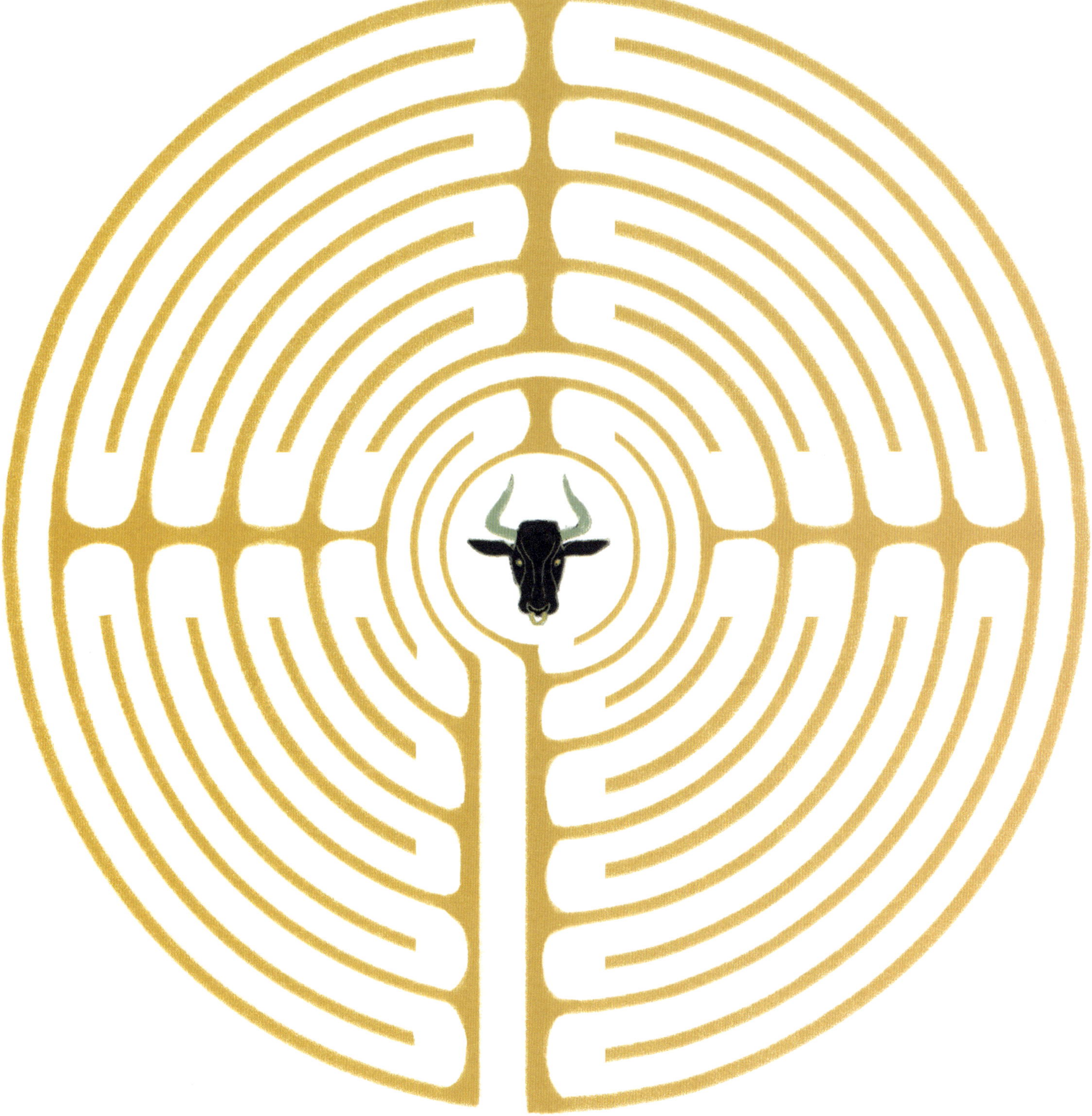

就这样，在这二十七年间，每九年雅典人都会挑选七位年轻的男子和七位年轻的女子送往克诺索斯王宫。第三次献祭的时间到来的时候，一位名叫忒修斯的年轻人自告奋勇，准备前往克诺索斯王宫。为了将雅典人从被献祭的命运中解救出来，他计划制服弥诺陶洛斯。他将船上的一位年轻人替换下来，并向父亲保证，不管成功与否，自己的船只都将返航。如果成功了，那么将升起白帆；如果失败了，那么将升起黑帆。当他们抵达克诺索斯王宫的时候，所有人的盔甲和武器都被没收了，但是忒修斯设法将一把刀藏在了袍子的褶皱里。幸运的是，他并非孤立无援。弥诺斯国王的女儿阿里阿德涅伸出了援手。她从自己的织布机上取下一个线团给他，这样他就可以用线沿途进行标记，最后走出迷宫。阿里阿德涅让忒修斯承诺，只要活下来就带她一起返回雅典，他答应了。

忒修斯将线团的一端绑在门柱上，反手拿着线团，在黑暗中留下一条线路。他寻着弥诺陶洛斯那震天响的呼噜声，阔步走进了迷宫深处。每到迷宫转弯或拐角的地方，忒修斯都屏住呼吸，因为弥诺陶洛斯可能在任何一个角落，随时会碰上。

最终，忒修斯在迷宫的中心找到了睡着的弥诺陶洛斯。空气里尽是腐肉的酸臭味，雅典人的骨头扔得遍地都是。忒修斯踮起脚，轻轻地走过去。正当他亮出袍子里的刀，弥诺陶洛斯便醒了，并发出一声巨吼，转过身，张开利齿巨口，想要吃掉他。忒修斯迅速防卫，他一只手抓住弥诺陶洛斯的巨大牛角，另一只手手起刀落，砍下了弥诺陶洛斯的头颅。接着他在黑暗中摸索着找到线，循着线走出了迷宫，实现了自己的计划，挽救了那些尚未被吃掉的雅典青年。当他们成功到达海边的时候，雅典娜出现了。她向忒修斯命令道："马上离开，不许回头。"忒修斯想起了自己对阿里阿德涅的承诺。他的眼里饱含泪水，但又不得不遵照女神的命令离开。

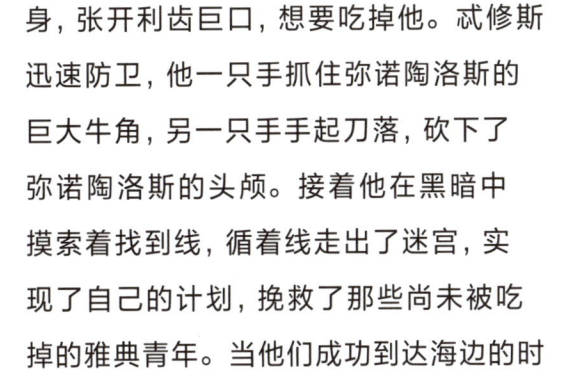

忒修斯登上船，静静地坐着，想到被自己抛下的阿里阿德涅，悲伤不已。他陷入哀伤之中，以至于忘记将黑帆换成白帆。不久，船只抵达雅典，忒修斯的父亲清楚地看到桅杆上飘着黑帆，以为自己的儿子已经死了。他悲痛欲绝，一跃而下，跳入海水之中。

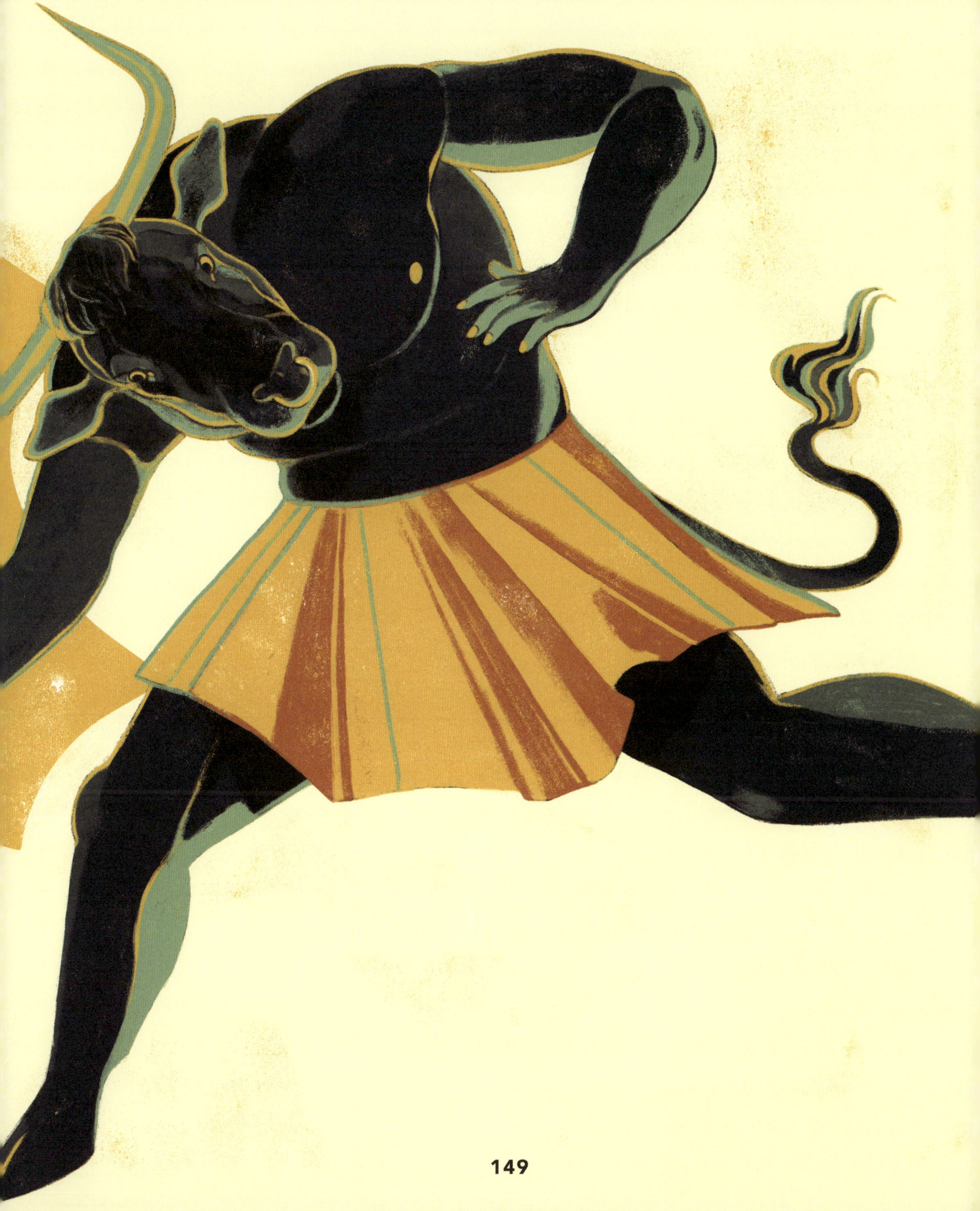

代达罗斯和伊卡洛斯

  弥诺斯国王为了避免建筑师代达罗斯泄漏迷宫的秘密，将他和他的儿子伊卡洛斯关在一座塔楼中。塔楼内物资充足，代达罗斯和他那年轻的儿子完全不用担心食物短缺，但是他们只想要自由。然而，对他俩来说，这座塔楼实在太高了，无法攀爬而下，就算能爬下去，也没有办法离开岛屿，因为弥诺斯国王一直严格盘查离开港口的船只。

  最终，代达罗斯想出了办法。他打算制作两对翅膀，这样就能飞出塔楼，重获自由。他搜集栖息在窗口的不同鸟类的羽毛，然后用蜡将它们粘到一起。完工后，代达罗斯发现像鸟一样上下挥动翅膀就能让自己从塔楼的地板上飞起来，他开始教儿子利用翅膀飞翔。有一天，代达罗斯认为已经准备充分了，随后他将一对翅膀绑在自己身上，另一对绑在儿子身上。

  离开塔楼前，代达罗斯郑重嘱咐自己的儿子："飞行的时候千万不能离太阳太近。"尽管他十分担心儿子的安全，但是为了自由，他别无选择。他们打开窗户，拍动翅膀，一起滑翔出去，飞到了海的上方。在成功飞越三四座岛屿后，伊卡洛斯开始向上飘去。能够飞得很高的想法让他昏了头，他越飞越高，朝太阳飞去。突然，他感觉一滴滚烫的蜡油掉落在脚踝上。这时他才惊慌失措地向下飞行，想远离灼热的太阳，但是为时已晚。

融化的翅膀变得支离破碎，伊卡洛斯栽进了海里，被海浪淹没了。他的父亲在海面上空盘旋，寻找儿子的身影。当他看见海面上漂浮的羽毛，才明白儿子已经死了。代达罗斯悲痛欲绝，不停地哭泣，于是周围的人们将这片海洋命名为"伊卡里亚"，他们已经习惯了代达罗斯朝着海浪呼唤伊卡洛斯的哭声。

重返家园

猫头鹰爷爷沉默了好一阵子,思索着猫头鹰能在黑暗凉爽的夜晚飞行,是一件多么值得庆幸的事情。这段时间的经历能教会小猫头鹰很多道理,但是他最开心的只有一件事,那就是再次见到他的妻子——智慧猫头鹰。他又回想着自己被迫离开皮立翁山,离开两人一起生活的家的那一天。猫头鹰们每到一个新的地方就会通过讲故事来解释事情的前因后果——现在,小猫头鹰已经知道了这些故事。

猫头鹰爷爷希望这些故事能教会小猫头鹰一些道理:不要自大、信守承诺、友好待人、反抗不公。然而最重要的是,他希望小猫头鹰明白,故事可以将最不可能的地方变成家园。他回过头,打算告诉孙女这一点,但是她已经睡着了。猫头鹰爷爷叹了口气,重新俯瞰着雅典,这个他称之为家的城市。城市里依稀有了人影。很快,就到了该他睡觉的时间了——要睡到太阳西沉他才会再次醒来。

小猫头鹰永远也不会忘记爷爷一番苦心给她讲的这些神话故事,这些故事让她知道自己在世界所处的位置。她也将以自己的方式讲述这些故事,每讲一次故事都会有所变化,而一个神话也不会长时间停留在某一个地方。猫头鹰爷爷闭上眼睛,安心地睡了,以后不管小猫头鹰飞到哪里,这些猫头鹰的故事都能指引她回家。

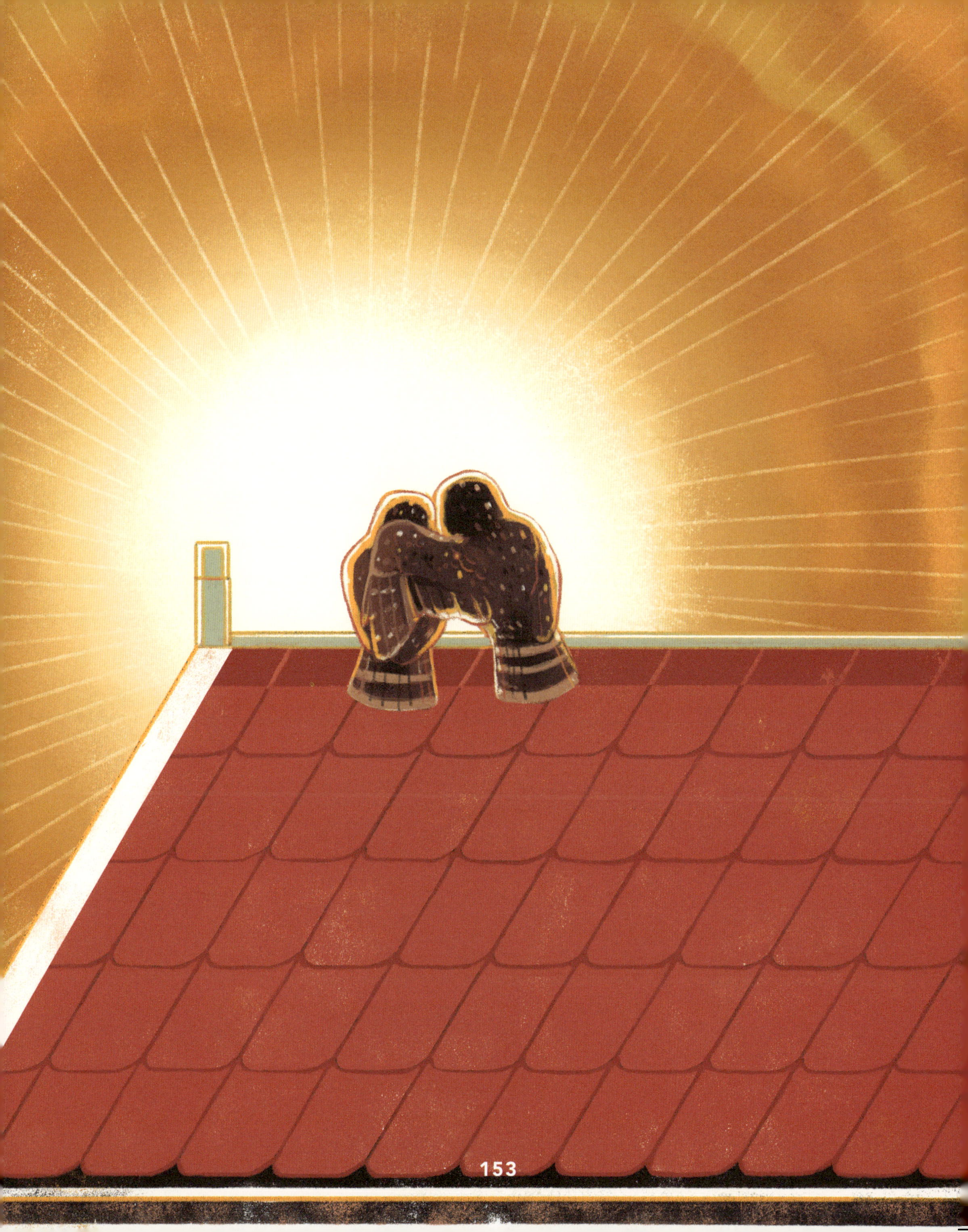

后 记
雅典娜和猫头鹰

没有人真的知道为什么雅典娜会选择猫头鹰作为自己特别的伙伴。在古典文学中,雅典娜和猫头鹰一样,敏锐机智,眼睛明亮。据说猫头鹰和战争也有着特别的联系。(雅典人认为在战场上看见猫头鹰是胜利的预兆。)

不管出于什么原因,从雅典娜的个人历史来看,她很早就宣称猫头鹰为自己所属,因此猫头鹰和雅典城也产生了密切的联系。从公元前六世纪开始,雅典钱币上就一直铭刻着猫头鹰的图案,它们也经常出现在雅典的花瓶上,出现在那些比赛中的奖品和节庆日的装饰品上。就算希腊女神雅典娜在罗马神话中变成了女神弥涅耳瓦,她和猫头鹰之间依旧保持着联系。在奥维德的长诗《变形记》中,乌鸦抱怨自己作为女神圣鸟的位置被猫头鹰取代了。

猫头鹰和故事总是联系在一起。罗马人认为将猫头鹰的羽毛放在睡着的人身边能够让其将所有秘密都说出来;在古典文学中,经常有鸟类诉说故事的内容;而聪明机智的猫头鹰不仅是战争、艺术、智慧女神雅典娜的完美伙伴,也是打开所有雅典古老传说的一把钥匙。

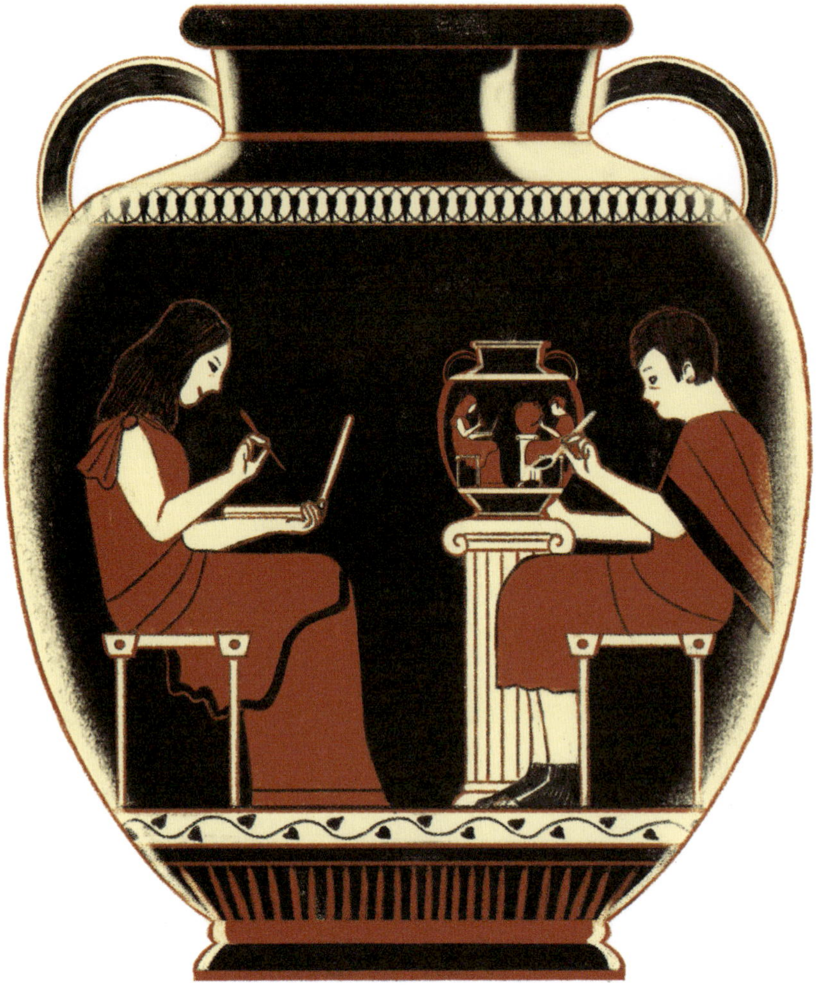

编者及绘者简介

玛歇拉·沃德是一位古典主义者,
成天在牛津大学的图书馆穿梭,追寻古代世界的神话和传说。
她的研究兴趣不在于古代世界的真实样子,
而在于古代世界如何为现代世界可能的样子奠定基础。
《众神与英雄之歌:古希腊神话集萃》是她编撰的第一本青少年读物。

桑德·博格是一位瑞典插画家,
其艺术作品注重颜色、质感,专注于现代数字艺术作品,
致力于通过插画讲述视觉故事。
《众神与英雄之歌:古希腊神话集萃》是他的第一本青少年插画作品。

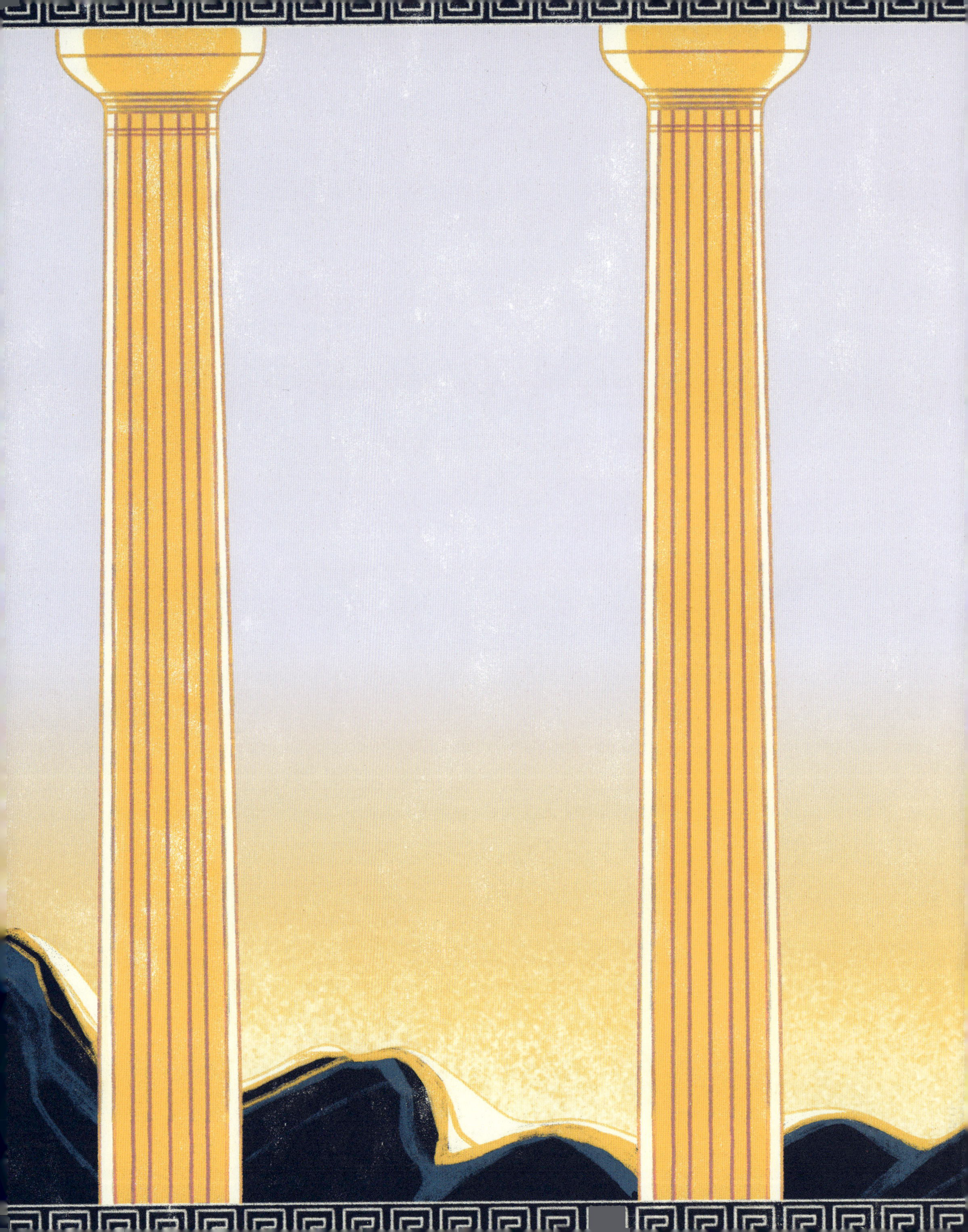